AF396140

# MAZEPPA

## OU

## LE CHEVAL TARTARE,

### MIMODRAME EN TROIS ACTES,

TIRÉ DE LORD BYRON,

Par MM. LÉOPOLD et CUVELIER,

MIS EN SCÈNE PAR M. FRANCONI JEUNE,

Musique de M. Sergent,

REPRÉSENTÉ POUR LA PREMIÈRE FOIS AU CIRQUE DE MM. FRANCONI,
DIRECTEURS PRIVILÈGIÉS DU ROI.

PRIX : 5o CENTIMES.

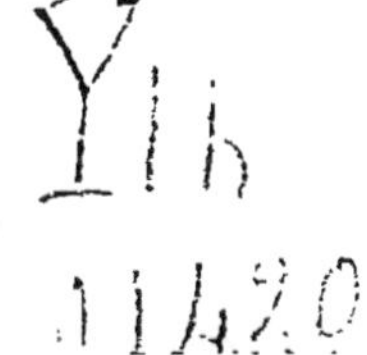


**PARIS,**

CHEZ BEZOU, LIBRAIRE,

SUCCESSEUR DE M. FAGES,

Au Magasin de Pièces de Théâtre, boulevard St.-Martin,
N°. 29, vis-à-vis la rue Lancry.

1825

| PERSONNAGES. | ACTEURS. |
|---|---|

ABDERKAN , chef souverain d'une
horde de tartares . . . . . . . . . . M. CHAMPIN.

MAZEPPA, son Petit-Fils , élevé en
Pologne , sous le nom de Casimir . M. PAUL.

LE CASTELLAN DE LAWRINSKI,
seigneur Polonais, . . . . . . . . . M. BAILLESTE.

PRÉMISLAS, Comte Palatin . . . . M. PHILIBERT.

THAMAR, Chef d'une tribue de la horde
Tartare . . . . . . . . . . . . . . M. EDMOND.

RUDZOLOFF , Majordôme du château
du Castellan . . . . . . . . . . . M. HOEL.

OZEB , Guerrier Tartare de la suite
d'Abderkan , . . . . . . . . . . M. ADOLPHE FRANCONI.

ZELOZ, vieillard, Tartare. . . . . . M. CHEVALIER.

DROLINSKO , chef des piqueurs . . M. HYPOLITE.

KOSCAR , jeune pâtre Tartare. . . . M. RÉBARD.

UN AUTRE PATRE Tartare . . . M. HUOT.

OLINSKA , Fille du Castellan, aimée
de Mazeppa , . . . . . . . . . . Mlle. DESJARDINS.

MARTHA , nourrice d'Olinska. . . . Mme. TIGÉE.

KORELLA , femme tartare et vénérée
parmi eux comme prophétesse. . . . Mme. CROISETTE.

Seigneurs et Dames polonais.
Écuyers, Pages, Serviteurs.
Paysans, Paysannes polonais
Soldats polonais.
Guerriers tartares.
Pâtres et Pastourelles tartares.

*La scène se passe, dans la première et troisième parties, en Pologne, sur les bords du Dnieper, et la deuxième, au milieu des déserts de la Tartarie indépendante.*

IMPRIMERIE DE HOCQUET,
rue du Faubourg Montmartre, n. 4.

# MAZEPPA

## OU

## LE CHEVAL TARTARE,

MIMODRAME EN TROIS ACTES.

---

## ACTE PREMIER.

*Le Théâtre représente une terrasse ou galerie ouverte, laissant voir au fond, au-delà d'une balustrade à jour et à hauteur d'appui, une enceinte circulaire formant cirque et manège, destinés aux joutes et exercices. Autour sont des gradins en amphithéâtre.*

---

### SCENE PREMIERE.

**RUDZOLOFF, DROLINSKO**, Ecuyers, Serviteurs.

*Au lever du rideau Drolinsko et Rudzoloff sont sur la terrasse avec plusieurs serviteurs du château. Ils regardent ce qui se passe dans le manége, où l'on voit plusieurs écuyers et piqueurs disposant tout pour les exercices.*

DROLISNKO, *à Rudzoloff.*

Vous dites donc, mon parrain, que c'est pendant les exercices d'escrime et d'équitation, qui vont avoir lieu devant monseigneur, que le noble Castellan veut voir dompter ce fougueux cheval sauvage, échappé sans doute des déserts de la Tartarie, et qui est venu se faire prendre, il y a quelques jours dans le Dnieper, d'où on l'a retiré si difficilement, pour l'amener dans les haras de monseigneur.

RUDZOLOFF.

Oui, notre Castellan désire qu'on ne néglige rien pour se rendre maître de cet animal, qui peut devenir un de ses plus beaux coursiers.

DROLINSKO.

Mais vous savez bien qu'il est impossible d'en venir à bout. Il ne souffre ni mords ni frein, et pour lui donner sa nourriture, il faut la lui jeter comme on ferait à un tigre.

RUDZOLOFF.

On le domptera : nous avons ici des écuyers assez habiles pour ça.

DROLINSKO.

Ce n'est pas moi, toujours, et je dis qu'on ferait bien mieux de le laisser s'en retourner en Tartarie, vers laquelle il semble toujours vouloir s'échapper.

RUDZOLOFF.

Ce serait dommage, car ce cheval est superbe.

DROLINSKO.

Superbe ! vous voilà encore, mon parrain, avec vos préventions. Moi, je dis, je soutiens, que tout ce qui nous vient de ce pays-là ne vaut pas le diable !... Témoins ce jeune Tartare ramassé mourant près de la fontaine de St.-Casimir, dans la vallée de la forêt. Il y a de ça plus de dix-huit ans, à ce que vous m'avez raconté... après la grande bataille contre les Tartares.

RUDZOLOFF.

Il est vrai. On apporta ce pauvre orphelin dans ce château ; on le rappela à la vie ; il plut à madame la comtesse, qui le fit élever parmi ses pages, sous le nom de Casimir, en mémoire du lieu où il avait été trouvé.

DROLINSKO.

Belle trouvaille ! et voilà qu'après l'avoir élevé par charité, monseigneur, à son retour de la guerre, vient de le nommer écuyer ! un Tartare ! mon camarade... voyez le bel honneur pour moi...

RUDZOLOFF.

En serais-tu jaloux ?

DROLINSKO.

Moi ! et pourquoi ?

RUDZOLOFF.

Parce qu'il est plus brave que toi.

DROLINSKO.

Quand je dis...

RUDZOLOFF.

Qu'il est plus adroit...

DROLINSKO.

C'est une question.

RUDZOLOFF.

Qu'il est plus beau...

5

DROLINSKO.

Ah! quant à ça, chacun a son genre de beauté.

RUDZOLOFF.

Toutes nos jeunes filles le trouvent fort aimable.

DROLINSKO.

Mais, qu'est-ce qu'il a donc de si attrayant, ce Tartare-là? qu'est-ce qu'il a? je vous le demande? Il est brusque, taciturne et fier... il vous parle durement... faites ceci... faites cela!... Il ne vous répond que oui, non. Avec lui, il faut toujours se battre, ou se taire... être toujours battu ou obéir... Maudit Tartare! va, si...

## SCÈNE II.

### LES MÊMES, CASIMIR.

*Drolinsko n'a pas eu le temps d'achever; le jeune et pétulent Casimir est près de lui, il l'a entendu et lui frappe sur l'épaule.*

CASIMIR.

Heim! que dis-tu?

DROLINSKO, *à part avec effroi.*

C'est lui... (*Changeant de ton.*) Je ne dis plus rien. Ah! si j'avais su que vous fussiez là, seigneur Casimir... certainement je sais trop ce que je dois à un... camarade... un aimable jeune homme... qui est Tartare, c'est vrai; mais que nous aimons tous, quoi qu'il soit un je ne sais qui... qui vient de je ne sais où..... enfin qui...

CASIMIR.

Prétends-tu m'insulter! tu m'en rendras raison.

DROLINSKO.

Pas du tout... ce serait là perdre la raison.

CASIMIR, *lui saisissant la main.*

Lâche!

DROLINSKO.

C'est ça, lâchez-moi, je vous en prie.

CASIMIR, *le laissant aller.*

Tu es indigne...

DROLINSKO.

Ah! très-indigne, je vous en réponds.

RUDZOLOFF, *riant.*

Mon pauvre Drolinsko, tu n'es pas de taille à te mesurer avec l'écuyer favori de monseigneur, et le protégé de sa noble fille, la belle Olinska.

CASIMIR, *ému.*

Olinska !

(*A ce nom toute sa colère s'est évanouie ; il lève les yeux au ciel, pose la main sur son cœur et soupire.*)

RUDZODOFF.

Allons, savez-vous bien, Casimir, que la protection de notre jeune maîtresse peut vous mener loin ; si ce que l'on dit est vrai.

CASIMIR, *avec inquiétude..*

Que voulez-vous dire ?

RUDZOLOFF.

Que mademoiselle Olinska va épouser le comte palatin Prémislas, un des plus riches et des plus puissans seigneurs de la Pologne.

CASIMIR, *troublé.*

Il est donc vrai...

DROLINSKO.

Tiens, si c'est vrai !... c'est sûr même ; mais il n'y a pas de quoi vous fâcher, car on dit aussi que le mari de mademoiselle Olinska, à sa recommandation, pourrait peut-être bien vous prendre pour son premier écuyer... Et vous sentez bien qu'alors...

CASIMIR, *hors de lui, et le saisissant au collet.*

Misérable ! qui t'a dit cela ? Parle ! parle !

DROLINSKO.

Eh ! comment voulez-vous que je parle ; vous me coupez la parole et m'ôtez la respiration... (*criant.*) Ahi ! ahi ! ahi !

(*Casimir repousse Drolinsko, qui tombe à terre ; puis il s'éloigne rapidement ; laissant tout le monde surpris de sa brusquerie.*)

RUDZOLOFF, *suivant Casimir des yeux.*

Mais, qu'a-t-il donc ? il me paraît assez singulier...

DROLINSKO, *se relevant.*

Là, je vous le disais bien ! c'est un démon incarné ! et vous, mon parrain, vous le laissez tranquillement m'opprimer, me tyranniser ? Vous, le majordôme du château !... Eh ! qu'on lui donne ce maudit cheval tartare, à qui il ressemble, en les priant tous les deux de reprendre au plus vîte le chemin de leur pays ; car sans cela, je vous préviens que cela finira mal, très-mal !

RUDZOLOFFE, *riant.*

Oh! je suis bien tranquille sur ton compte ! je te connais trop prudent pour chercher querelle à Casimir, ou au cheval tartare... Mais voici l'heure où les exercices de nos jeunes écuyers vont commencer. ( *Funfares.* ) Ce signal nous annonce que monseigneur va se rendre en ces lieux avec la belle Olinska, sa fille, et plusieurs seigneurs des environs. Allons tout préparer. ( *Il remonte le théâtre.* )

## SCENE III.

Les Mêmes, LE CASTELLAN, OLINSKA, Seigneurs et Dames polonais, Ecuyers, Pages, Piqueurs, Vassaux.

*Les fanfares continuent. Les gradins qui sont au-delà du cirque du fond, se garnissent de vassaux qui accourent de tous côtés pour voir les exercices; les concurrens viennent se ranger dans le manége; parmi eux est Casimir.*

*Le Castellan s'avance avec Olinska, et plusieurs seigneurs et dames. Les écuyers qui doivent s'exercer, les saluent militairement à leur passage. Le Castellan et sa société se placent sur des siéges élevés à droite et à gauche.*

LE CASTELLAN, *encore debout auprès de la balustrade du fond.*

Mes amis, déployez devant nous votre adresse et votre courage, en vous livrant à ces nobles jeux, image de la guerre; apprenez à défendre, au péril de vos jours, votre prince et votre patrie! ma fille couronnera le vainqueur. ( *mouvemens d'Olinska et de Casimir* ) Majordôme, donnez le signal.

*Il s'assied à côté d'Olinska, Rudzoloff fait un signe : nouvelles fanfares; les jeux commencent.*

*Exercices variés de manége, d'escrime et d'équitation. Parmi les Ecuyers et les pages qui s'y livrent, on distingue Casimir comme un des plus adroits tant à pied qu'à cheval, et Droltnsko, au contraire, se fait remarquer par sa maladresse. Rebuté, il quitte le manége, surtout lorsqu'il aperçoit qu'on amène le cheval sauvage qui se cabre au milieu du Cirque. Drolinsko se sauve et vient se ranger au bord de la balustrade comme simple spectateur.*

*Plusieurs Ecuyers sont renversés par terre en voulant se rendre maîtres du cheval tartare, et en cherchant à monter dessus, le cheval s'échappe furieux; tous les Ecuyers effrayés et découragés le laissent aller. Casimir seul que rien n'effraie, court à lui, on le perd un instant de vue; mais tous les regards suivent ses traces avec une inquiète curiosité. Olinska surtout est tremblante; mais elle se rassure bientôt en recoyant Casimir qui reparaît tranquillement à cheval sur le coursier tartare qu'il a dompté et qui est devenu docile sous sa main.*

*Il est proclamé le premier vainqueur des jeux et vient avec ceux qui se sont distingués, s'incliner devant l'estrade où sont placés le Castellan et sa fille. Cette dernière cache avec peine la vive émotion qu'elle éprouve et que partage Casimir.*

### LE CASTELLAN.

Casimir, c'est avec plaisir que je vous vois vainqueur ; j'ai remarqué déjà votre adresse et votre courage, je vous ai distingué de la foule de mes serviteurs. Méritez toujours ainsi les faveurs de votre maître et de nouvelles récompenses en seront le prix.   .

### CASIMIR, *à part.*

Ah ! il n'en est qu'une que j'ambitionne.

*( Casimir craignant de faire remarquer, se hâte de se mettre aux genoux d'Olinska qui, n'osant le regarder de crainte de se trahir, lui remet une écharpe et une épée comme prix de sa victoire, elle a déjà distribué des couronnes aux autres vainqueurs. )*

*( Après la distribution des prix, le Castellan redescend en scène avec sa fille et les seigneurs et dames. Casimir et ses compagnons restent au fond rangés en ordre.)*

### LE CASTELLAN.

Que ce jour soit tout entier aux jeux et aux plaisirs. Je vais me rendre au devant du comte palatin Prémislas. ( *à Olinska.* ) Ma fille, je serai bientôt de retour, et j'aurai, je le crois, une heureuse nouvelle à vous apprendre.

*( Inquiétude d'Olinska, mouvement jaloux de Casimir ; le Castellan donne un baiser à sa fille et monte sur un cheval que lui a fait avancer au fond Rudzoloff, il sort accompagné des seigneurs. Olinska s'éloigne tristement du côté opposé semblant méditer un projet, et Casimir se modérant avec peine est forcé de suivre ses compagnons qui sortent aussi. Rudzoloff, Drolinsko et quelques serviteurs restent seuls sur le devant de la scène. )*

### RUDZOLOFF.

Eh bien ! mon pauvre Drolinsko, tu as fait une triste figure pendant les exercices... il ne t'aurait plus manqué que Monseigneur n'eût ordonné de te faire monter le cheval sauvage ?  . il a fallu toute l'adresse et le courage de Casimir pour l'empêcher de s'échapper.

### DROLINSKO.

Eh bien ! je vous conseille de vous moquer aussi de moi... de faire l'éloge de ce Tartare ; en vérité, je crois qu'il a tourné la tête à tout le monde... mais je vous le répète, ce Casimir par sa brusquerie et son goût bien décidé à se battre, il sera cause ici de quelque malheur.

### RUDZOLOFF.

Eh ! bien, moi, je te conseille de te taire, si tu ne veux que ce malheur t'arrive.

*( Il vont pour sortir, ils s'arrêtent en apercevant Martha qui paraît au fond.)*

## SCENE IV.

### LES MÊMES, MARTHA.

RUDZOLOFF.

Ah! c'est la vieille Martha, la bonne nourrice de notre jeune maîtresse, (*allant à elle.*) qui vous amène donc aujourd'hui au château?

MARTHA.

Mademoiselle m'a fait demander, et je me suis empressée de quitter ma chaumière pour venir auprès d'elle. Où est-elle cette chère enfant?

DROLINSKO.

Tenez, là-bas, dans la galerie... et justement, la voilà qui vient de ce côté.

RUDZOLOFF.

Nous vous laissons avec elle; au revoir, bonne Martha, au revoir.

(*Tous les serviteurs la saluent et sortent avec Rudzoloff.*

## SCENE V.

### OLINSKA, MARTHA.

(*Olinska triste et rêveuse s'avance lentement; en apercevant Martha, elle court vers elle.*)

OLINSKA.

Chère Martha, c'est avec la plus vive impatience que je l'attendais.

MARTHA.

Je me suis cependant bien hâtée, ma chère enfant, j'ai tout quitté pour me rendre auprès de vous; mais, que m'annoncez-vous donc dans votre lettre! quel malheur imprévu vous est-il arrivé? et à quoi puis-je vous être utile! parlez, parlez, chère Olinska!

OLINSKA.

Ah! Martha, je suis bien à plaindre!

MARTHA.

A plaindre, vous?... quand on parle au château de votre mariage avec un seigneur jeune, riche et...

OLINSKA.

Cet hymen ne s'accomplira jamais.

*Mazeppa.*                                                    2

MARTHA.

Jamais!... si pourtant c'est la volonté du Castellan votre père.. il est impérieux, absolu...

OLINSKA.

Ah! je mourrai plutôt.

MARTHA, *effrayée*.

Ah! mon Dieu! expliquez-moi... vous vous taisez, vous baissez les yeux...

OLINSKA.

Ne m'interroge pas.

MARTHA.

Je tremble de vous avoir devinée.

OLINSKA.

Quoi, tu penserais?...

MARTHA.

Que votre cœur n'est pas resté insensible à l'amour.

OLINSKA.

Martha!...

MARTHA.

Et que l'objet qui l'inspire n'est peut-être pas digne...

OLINSKA, *vivement*.

Ah! Casimir.

MARTHA.

Casimir!... il est donc vrai? cet orphelin sans nom, sans patrie, est l'objet préféré par l'héritière d'un noble Castellan de Pologne.

OLINSKA.

Je suis certaine que si son rang était connu, il serait au moins mon égal. La richesse des vêtemens qui le couvraient au moment qu'il a été trouvé... cette chaîne d'or à laquelle était suspendue une étoile brillante de pierreries; ces lettres en caractères arabes gravées d'une manière ineffaçables sur son bras droit et dont l'assemblage forme le mot bizarre de Mazeppa, tout indique une naissance peu commune, que prouvent mieux encore et sa valeur et la noblesse de ses sentimens.

MARTHA.

On croit toujours ce qu'on désire; mais toutes ces preuves-là ne suffiront pas au Castillan, qui n'a toujours vu en Casimir qu'un de ses serviteurs.

OLINSKA.

Ne te souvient-t-il plus, Martha, que dans mon enfance j'ai dû la vie à son courage?

MARTHA.

Votre père l'en a récompensé par sa faveur ; et pour prix de ses bienfaits, Casimir ose porter ses vœux jusque sur la fille de son maître.

OLINSKA.

Ah ! ne l'accuse pas. Entraînés tous deux par un sentiment irrésistible, nos sermens...

MARTHA.

Ils sont nuls.

OLINSKA.

Le ciel les a reçus !

MARTHA.

Sans l'aveu de l'auteur de vos jours, étiez-vous maîtresse de les prononcer ?

OLINSKA.

Je croyais l'être.

MARTHA.

Comment ?

OLINSKA.

Le bruit public avait répandu partout l'affreux récit de la mort de mon père dans le dernier combat contre les Turcs ; on me croyait orpheline, sans protection, sans appui. J'étais entourée de voisins ambitieux, prêts à m'arracher un héritage que je ne pouvais leur faire respecter. Ce fut alors que je trouvai dans celui que tu juges indigne de moi, un ami pour partager mes peines, un guerrier prêt à me défendre au péril de sa vie. D'après le généreux dévouement de Casimir, qui aurait pu me faire un crime d'unir ma destinée à la sienne ?.. Tel était mon projet. La nouvelle du retour de mon père, arraché des mains des Infidèles par le palatin Prémislas, suffit pour réprimer l'audace des ennemis de notre famille. Depuis peu de jours, tous deux sont revenus dans le Palatinat : hier, cédant aux prières de Casimir, j'allais faire l'aveu à mon père de notre amour ; mais juge de mon étonnement, de mon trouble, quand il m'annonça lui-même qu'il avait pris l'engagement solemnel de donner ma main au comte Palatin, son libérateur. Tu connais maintenant ma cruelle position ; Martha, juge-moi, condamne-moi si tu le peux ; mais du moins plains le sort de la malheureuse Olinska !

MARTHA.

Moi, vous condamner !.. ah ! je ne veux que vous plaindre et vous servir. Oserez-vous résister aux volontés du Castillan ? rompre cet hymen glorieux, refuser publiquement la couronne de comtesse qui va vous être présentée, et braver l'autorité de votre père ?

OLINSKA.

Ah ! je sens que je n'en aurai jamais le courage... je serai forcée de l'accepter, ce présent funeste !

MARTHA.

C'est engager votre foi.

OLINSKA.

Un refus, en irritant mon père, rendrait impossible la résolution
que j'ai prise de quitter cette nuit même ce château, pour me retirer dans le saint monastère dont la comtesse Eliska , ma tante, est
abbesse souveraine.

MARTHA.

Ainsi, vous renonceriez au monde ?

OLINSKA.

Oui, si mon père , insensible à mes larmes , m'ordonne de
renoncer à mon amour.

MARTHA.

Un projet aussi hardi...

OLINSKA.

Est le seul moyen qui me reste pour me soustraire à un hymen
odieux ; et c'est toi , toi qui élevas mon enfance, qui me conduira
auprès de la sœur de ma mère.

MARTHA.

Moi !. Et Casimir sait-il ?..

OLINSKA.

Il ignore tout encore. Je crains l'emportement de son caractère,
l'excès de son amour ; c'est de l'asyle sacré que j'ai choisi... (*on entend du bruit et des pas précipités.*)Qui s'approche de ce côté ?..c'est
lui, c'est Casimir ! comme il a l'air agité ! ( *On aperçoit Casimir
s'avancer vivement par le fond; il s'arrête interdit et contrarié en voyant
qu'Olinska n'est pas seule : il se contraint avec peine.*)

## SCENE VI.

### LES MÊMES , CASIMIR.

CASIMIR.

Noble demoiselle !..

OLINSKA.

Parlez sans crainte, Casimir ; j'ai tout avoué à ma bonne Martha, ma seconde mère.

CASIMIR.

Eh bien ! c'est devant elle que vous allez prononcer sur mon
sort.

OLINSKA.

Sur votre sort !

CASIMIR.

Oui, de vous et de ce moment vont dépendre les destins de ma vie.

OLINSKA.

Que voulez-vous dire ?

CASIMIR, *s'animant par degré.*

Ecoute, Olinska : Dans le malheur affreux qui nous menace, un seul parti nous reste ; il faut fuir ! Les déserts de la Tartarie, qui m'ont vu naître, et dont nous ne sommes séparés que par le fleuve et quelques journées de marche, nous offrent une retraite assurée. Ah ! depuis long-temps, rompant les fers d'un honteux esclavage, je serais retourné au milieu de mes frères, j'aurais cherché à connaître quel sang coule dans mes veines ; ce sang impétueux, que j'éprouve à la noble ardeur qui m'enflamme, ne doit pas être vulgaire !.. Je te sacrifiai les desirs de l'indépendance, je subis, pour rester auprès de toi, l'opprobre de la servitude.... j'étais aimé, et un sourire d'Olinska me faisait oublier tous mes maux... mais aujourd'hui, que l'ambition, les préjugés veulent rompre les nœuds qui nous unissent, n'ai-je pas le droit d'exiger de celle qui m'a nommé son époux, qu'elle vienne chercher avec moi, dans ma patrie, le bonheur qu'elle ne peut trouver dans la sienne ?.. Oui, Olinska, oui ! si tu m'aimes encore, tu dois me suivre, et désormais ta patrie ne peut être que celle de Casimir !

OLINSKA.

Oh ciel ! qu'oses-tu me demander ?.. moi, chercher un asyle parmi des barbares ! les ennemis, les dévastateurs de la Pologne ?.. ah ! jamais, jamais !...

CASIMIR.

Tu refuses de me suivre ?

OLINSKA.

Je n'éleverai point entre nous et le pardon une barrière insurmontable.

CASIMIR.

Olinska, regretterais-tu tes titres d'honneur ?

OLINSKA.

Peux-tu le penser !

CASIMIR, *avec une nuance de jalousie.*

Une couronne de comtesse a tant d'attraits !.. je n'ai rien à l'offrir, moi, qu'un cœur brûlant d'amour et de jalousie !

OLINSKA.

Casimir !..

CASIMIR, *dont l'agitation accroît.*

Mais qu'il tremble ce rival odieux! tout son sang répandu...

OLINSKA, *éperdue.*

Casimir ! je t'en supplie, écoute-moi : apprends...

CASIMIR.

Crains de me réduire au désespoir !.. ma vie même, je la sacrifierais... mais je ne mourrai pas seul !

*Il est au comble de l'agitation; Olinska, troublée, s'est jetée sur un siége. Martha, qui était au fond pour veiller à la sûreté des deux amans, revient vivement auprès d'eux, pour les inviter à se séparer. Casimir résiste, il veut une réponse positive.*

MARTHA.

Voici le Castellan votre père... Ah! par pitié, cachez-lui vos larmes.

# SCENE VII.

LES MÊMES, RUDZOLOFF, DROLINSKO, puis LE CASTELLAN et sa Suite.

*Le Castellan reste surpris de l'embarras causé par sa présence.*

LE CASTELLAN, *avec sévérité.*

Que faites-vous ici, Casimir ?

CASIMIR, *interdit.*

Seigneur, Castellan...

(*Martha craignant qu'il se trahisse se hâte de parler au Castellan.*)

MARTHA.

Monseigneur, il est venu... (*après un silence,*) me demander ma protection, auprès de l'épouse future du comte Prémislas, pour obtenir la place de son premier écuyer.

(*Le Castellan regarde tour-à-tour Martha et les deux amans qui restent interdits et les yeux baissés.*)

DROLINSKO, *au majordôme.*

C'est donc pour cela qu'il a quitté si brusquement ses camarades (*A part.*) Il entend ses intérêts, le Tartare.

RUDZOLOFF.

C'est une faute contre la subordination.

LE CASTELLAN.

Votre devoir serait de le punir, mais je veux bien l'excuser. Je me rappelle la belle conduite de Casimir pendant mon absence, sa bravoure, son dévouement, méritent une éclatante récompense... et je le destine à un autre emploi que celui d'écuyer. Je le nomme officier des hommes d'armes que j'envoie à Varsovie, pour être incorporés dans la garde du roi ; il partira demain au point du jour.

CASIMIR.

Seigneur, permettez-moi.

LE CASTELLAN.

Majordôme, c'est vous que je charge de l'exécution de cet ordre.

RUDZOLOFF.

Il suffit... monseigneur.                    ( Il sort. )

DROLINSKO.

Enfin, nous en serons débarrassés.

LE CASTELLAN.

Ma fille, je quitte le comte Prémislas, le Palatin m'a fait authentiquement la demande de votre main.

CASIMIR, *à part.*

Dieu !

LE CASTELLAN.

Le roi lui-même approuve ce mariage ; ma fille, c'est toi qui acquitteras la dette de ma reconnaissance. Quel bonheur pour ton père.

OLINSKA, *à part avec douleur*

Ah ! Martha.

LE CASTELLAN.

Le comte Prémislas voulait à l'instant même venir te présenter son hommage ; mais, tu le sais, un usage antique, consacré parmi les palatins de la Pologne, ne lui permet de t'offrir ses vœux en personne, qu'après une cérémonie solennelle, qui lui donne la certitude d'être agréé. La couronne de comtesse doit être présentée à la future, elle remet son anneau en échange de ce glorieux présent... Dès-lors elle a le titre de fiancée. L'envoyé chargé des pouvoirs du comte doit venir aujourd'hui même s'acquitter de cette mission honorable.

OLINSKA, *troublée*

Quoi ! mon père, aujourd'hui même.

LE CASTELLAN.

Je l'attends, préparez-vous à le recevoir. Ma fille, l'obéissance doit être facile, lorsque les honneurs et la fortune en sont le prix.

RUDZOLOFF , *au Castellan.*

Un envoyé du comte palatin Prémislas demande l'honneur de vous être présenté.

LE CASTELLAN.

Qu'il soit conduit en ces lieux , et reçu avec tous les honneurs dus à son noble maître. ( *Bas à sa fille.* ) Olinska , songez à vos devoirs.

( *Olinska soupire et baisse les yeux en signe de soumission. Le ma- ordôme a donné des ordres : on se rassemble, Casimir est à son rang.* )

## SCENE VIII.

LES MÊMES , L'Envoyé , Écuyers , Pages , Soldats , etc.

*Le cortége s'est développé dans le fond et sur les terrasses ; au milieu des pages et des écuyers qui le composent est l'envoyé du paladin.*

*Il vient offrir en grande cérémonie de riches présens à Olinsku. Il tire d'une superbe cassette , portée par deux pages , une couronne de comtesse , étincelante de pirreries , et la présente à genoux à la fille du Castellan , qui dirige sur elle un regard sévère et scrutateur. Casimir , l'œil fixé sur son amante , espère qu'elle va refuser le don brillant qui lui est offert ; pour ôter tout espoir à son rival. Quel est son étonnement , lorsqu'il la voit accepter après un moment d'hésitation.*

*Le Castellan satisfait , s'approche d'Olinska avec bienveillance ; il ordonne de poser à l'instant même la couronne sur le front de sa fille ; elle la reçoit avec une feinte soumission. Tous les serviteurs du palatin s'inclinent devant celle qu'ils regardent déjà comme leur maîtresse.*

*Pendant ce mouvement , Olinska a cherché des yeux Casimir , pour le rassurer par un de ces regards qu'un amant seul peut comprendre ; mais il ne peut l'apercevoir ; plongé dans les plus sombres réflexions , il la croit perfide , et médite à part la vengeance qu'il veut en tirer.*

*Le Castellan ordonne à sa fille de remettre à l'Envoyé de son futur époux , l'anneau qu'elle doit donner en échange du diadème. Ce mo- ment est une nouvelle épreuve pour Olinska , pressée par les regards de son père , qui , la voyant balancer , a repris son air de sévérité ; elle ôte la bague de son doigt , et poussant un profond soupir , s'avance vers l'Envoyé pour la lui remettre. Dès qu'elle a tendu la main pour la pré- senter ; l'Envoyé , au lieu de la recevoir , fait un signe ; le groupe nombreux qui l'environne s'ouvre , et c'est Prémislas lui-même qui pa- raît , reçoit l'anneau , et se jette aux pieds de la fille du Castellan.*

# SCENE IX.

## LES MÊMES, PREMISLAS.

OLINSKA, *immobile de surprise.*

Qué vois-je !

LE CASTELLAN.

Le comte Premislas!

CASIMIR, *à part.*

Je puis à peine me contenir.

PREMISLAS, *se relevant et tenant toujours l'anneau d'Olinska.*

M'excusez-vous, belle Olinska, de n'avoir pas eu la force d'attendre l'arrêt qui devait décider de mon sort? Si j'avais été assez malheureux, pour que mon hommage fût refusé, j'aurais quitté ce château sans m'offrir à vos regards; mais, en vous voyant parée de ce diadême, je n'ai pu résister au désir de recevoir moi-même le gage de mon bonheur.

LE CASTELLAN.

Cet empressement ne peut déplaire à ma fille, mon cher comte; il est la preuve de votre amour; il doit doubler son estime.

PREMISLAS.

Le soin de toute ma vie sera de la mériter.

*Il prend la main d'Olinska et y imprime un baiser. Casimir fait un mouvement, dans sa fureur jalouse, pour s'élancer vers son heureux rival; une pensée l'arrête. Il a conçu un moyen plus sûr pour se venger.*

CASIMIR, *à part.*

Cette nuit, la veangeance!.... la mort!...

*Il sort sans être aperçu de personne, excepté d'Olinska qui frémit en voyant son courroux. Prémislas qui tient encore la main d'Olinska, s'aperçoit de son trouble. Le jour commence à baisser.*

# SCENE X.

## LES MÊMES, excepté CASIMIR.

PREMISLAS.

Chère Olinska, pourquoi cette agitation? votre main tremble dans la mienne.

OLINSKA.

Excusez-moi, seigneur, mais votre arrivée imprévue... ces honneurs auxquels j'étais loin de m'attendre... j'ai besoin d'un instant de calme. ) *au Castellan.* ) Souffrez, mon père...

*Mazeppa.*

LE CASTELLAN.

Quoi, ma fille, déjà nous quitter ?..

OLINSKA.

Si vous le permettez, mon père, je vais me retirer dans mon appartement avec ma bonne Martha.

LE CASTELLAN.

Ma fille, le comte Premislas...

PREMISLAS.

Les moindres désirs d'Olinska sont pour moi des ordres ! mais, je l'espère, demain plus heureux...

OLINSKA.

Oui : seigneur, demain vous saurez qu'Olinska n'est pas indigne de votre estime.

LE CASTELLAN.

Veuillez me suivre, comte, tout est préparé pour vous recevoir avec les honneurs dus à celui qui devenant mon fils, doit commander bientôt en maître dans ce château.

*Sortie générale ; toute la suite entre au château sur les pas du Castellan et de Premislas ; ce dernier a offert la main à Olinska qui s'est vue forcée de l'accepter.*

*Le théâtre change et représente un appartement gothique ; au fond trois portes-croisées donnent à l'extérieur et laissent voir, lorsqu'elles sont ouvertes, une campagne pittoresque qu'on aperçoit à travers une grille. A l'horison, une montagne escarpée qui se termine au sommet, à gauche, par un torrent écumeux.*

# SCENE X.

## RUDZOLOFF, Serviteurs, Écuyers.

*Au changement il fait tout-à-fait nuit, des serviteurs apportent des lumières qu'ils posent sur une table ; à droite l'obscurité ne se fait sentir qu'à l'extérieur, à travers les portes vitrées du fond.*

RUDZOLOFF, *entrant suivi de plusieurs écuyers.*

Venez, messieurs les officiers du comte Palatin, en qualité de majordôme, c'est moi, qui d'après ma charge, vous ferai les honneurs de la maison. ( *Indiquant une entrée à gauche.* ) Voici l'appartement de votre maître : vous voyez mes amis, que rien ne manquera à son service. ( *Il est interrompu par le bruit extérieur de plusieurs vieilles armures qui se heurtent en tombant.* ) Quel est ce bruit ?... il vient de la salle d'armes... ( *On entend les cris étouffés de Drolinsko qui d'une voix altérée par la peur, semble demander du se..*

*cours.* ) C'est la voix de cet imbécille de Drolinsko..... que se passe-t-il donc?... )

( *Ils remontent tous la scène. Drolinsko paraît au fond moitié mort de frayeur, et tenant à la main un flambeau violemment agité par le tremblement qu'il éprouve.* )

## SCENE XII.

### Les Mêmes, DROLINSKO, puis CASIMIR.

DROLINSKO.

Ah! grand dieu! ah! est-il possible?

RUDZODOFF.

Qu'y a-t-il donc?

DROLINSKO, *respirant à peine.*

Ce qu'il y a? je viens de voir...

RUDZODOFF.

Qui?

DROLINSKO.

Le diable, mon parrain, comme je vous vois.

TOUS, *riant.*

Le diable!

RUDZOLOFF.

Es-tu fou?

DROLINSKO.

Il y aurait de quoi le devenir. Je vais vous conter ça... ça vous fera frémir des pieds jusqu'à la tête...

RUDZOLOFF.

Quelques nouvelles sottises, je parie... Allons, voyons...

( *Tous se rassemblent autour de Drolinsko avec curiosité.* )

DROLINSKO.

Je venais vous rejoindre, comme vous me l'aviez dit...

RUDZOLOFF, *avec impatience.*

Abrège.

DROLINSKO.

Pour arriver plus vîte, j'avais pris par la salle d'armes, où sont tous les portraits des ancêtres de notre Castellan, avec leurs armures, casques baissés, lance en arrêt, comme si, encore vivans, ils allaient s'élancer sur les Turcs.

RUDZODOFF.

Ensuite.

DROLINSKO.

Je marchais tranquillement, tout en pensant... à quoi pensais-je ?
je crois que je ne pensais à rien... Tout-à-coup, j'entends du
bruit ; j'étais là tout prêt du trisaïeul de monseigneur, qui est mort
depuis plus de cent ans... Vous savez bien, mon parrain, celui
qui a l'air si terrible, qui tient toujours le bras levé avec son sabre,
et qui a un si beau casque noir...

RUDZODOFF.

Finiras-tu ?

DROLINSKO.

M'y voilà. Tout-à-coup, le grand bras me tombe sur l'épaule...
je lève les yeux... avec un peu de frayeur, c'est vrai, et je vois...
je vois que le trisaïeul de monseigneur n'avait plus de tête. ( *Tous
rient aux éclats.* ) Oui, riez, riez... il y a de quoi... j'aurais
voulu vous y voir, vous autres. Lorsqu'en me retournant, j'ai
aperçu derrière moi cette même tête, avec le casque ombragé de
plumes noires, placée comme je vous vois, sur un autre corps
couvert d'un grand manteau, et qui s'échappait doucement dans le
fond de la salle à travers toutes les armures, dont le cliquet.....
Ah ! j'en frissonne encore.

( *Pendant qu'il a parlé on a vu passer au fond Casimir couvert d'un
manteau et le casque à plumes noires sur la tête ; il lève un instant la
visière.* )

CASIMIR, *à part.*

M'aurait-il reconnu ?                    ( *Il écoute.* )

DROLINSKO, *continuant.*

Ah ! dame, pour lors je ne peux plus y tenir, et je fuis, croyant
avoir tous les ancêtres de monseigneur à mes trousses.

RUDZOLOFF.

Mais voyez un peu cet imbécille qui nous retient là avec ses
contes.... Un coup de vent en détachant quelques armures lui
aura tourné l'esprit.

DROLINSKO.

C'est impossible, mon parrain, et...

RUDZOLOFF.

C'est assez. Mais Casimir, l'as-tu prévenu ? Il faut que les
hommes d'armes qu'il doit commander quittent le château avant
que je ne fasse lever les ponts-levis. Il couchera au village avec son
détachement pour se mettre demain en route de meilleure heure ,
sans déranger personne. Telle est la volonté de monseigneur.

DROLINSKO.

Tant mieux , il sera plutôt parti.

# SCENE XIII.

## Les Mêmes, PRÉMISLAS, Pages.

*( Le comte s'avance précédé par deux pages qui l'éclairent avec des flam-
beaux. Tous les serviteurs du palatin vont se ranger avec respect autour
de leur maître. Rudzodoff lui indique son appartement où tout est dis-
posé pour le recevoir. Prémislas y jette un regard et témoigne sa satisfaction au majordôme, qui s'incline profondément, et sort en faisant signe à Drolinsko de le suivre. )*

*( Prémislas, tandis que quelques-uns de ses serviteurs entrent dans la
chambre, vient se reposer sur un siége près de la table ; les écuyers
détachent son épée et ses éperons ; ses pages le débarrassent de son
manteau, qui reste étendu sur le dos du fauteuil, et de sa toque qu'ils
posent sur la table auprès de son épée. )*

### PRÉMISLAS.

Vous pouvez vous retirer, et vous réunir aux serviteurs du Castellan ; je vous dispense, pour ce soir, de tout service auprès de
ma personne.

# SCENE XIV.

## PREMISLAS, *seul.*

Je serai donc bientôt uni à celle que j'aime ! Epoux fortuné
d'une des plus aimables femmes de la Pologne, appelé par le
Roi à un des premiers emplois de la cour, l'amour et la fortune se
réunissent pour combler mes vœux. (*Il réfléchit, sa figure prend un
caractère plus sérieux.*) Cependant, l'émotion extraordinaire d'O-
linska, ses regards inquiets, ses yeux mouillés de larmes....
(*silence.*) Le don de sa main, sans celui de son cœur, troublerait
ma félicité... peut-être quelque chevalier plus heureux que moi...
(*il se lève*) mais non, Olinska fut élevée dans la retraite, et son
cœur sera tout entier à son époux.

*(Cette idée ramène le calme et la satisfaction qui se peignent dans tous
ses traits. Il prend un flambeau et se prépare à entrer dans sa chambre en remontant la scène ; il se trouve vis-à-vis de Casimir, entré
pendant le monologue. Le jeune homme est entièrement enveloppé
dans son manteau, et sa tête toujours couverte du casque à plumes
noires, dont la visière est baissée. A l'aspect de ce personnage qui
lui est inconnu, Prémislas fait un mouvement de surprise ; il se rap-
pooche de la table sur laquelle est son épée et la saisit pour s'opposer aux desseins qu'il suppose à son mystérieux adversaire. Celui-ci
montre qu'il est également armé d'un glaive ; tous deux s'arrêtent et
se mesurent des yeux.)*

# SCENE XV.

## PREMISLAS, CASIMIR.

PREMISLAS.

Qui es-tu ?

CASIMIR.

Ton ennemi.

PREMISLAS.

Comment as-tu pénétré dans ce château ?

CASIMIR.

Que t'importe !

PREMISLAS.

Que veux-tu ?

CASIMIR.

Ta mort !

PREMISLAS.

Veux-tu m'assassiner ?

CASIMIR.

Non, te combattre.

PREMISLAS, *avec fierté.*

Ton nom ?

CASIMIR.

Tu le sauras après la victoire.

PREMISLAS.

Ce langage arrogant...

CASIMIR.

Convient à l'homme offensé et jaloux.

PREMISLAS.

Quoi ! tu serais...

CASIMIR.

Ton rival.

PREMISLAS, *avec doute.*

Aimé ?

CASIMIR, *avec douleur.*

Hier encore je le croyais.

PREMISLAS, *avec orgueil.*

Ainsi donc, la belle Olinska m'accorde la préférence ?

CASIMIR, *avec mépris.*

Insensé ! ce sont tes honneurs et tes titres qui sont préférés.

PREMISLAS.

Tu oses m'insulter ?

CASIMIR.

Je t'ai dit la vérité, mon épée fera le reste.

PRÉMISLAS.

Téméraire ! espères-tu qu'un Palatin se mesurera avec un inconnu, indigne sans doute de cet honneur ?

CASIMIR.

Tu verras aux coups que je vais te porter, si je suis digne de te combattre.

PRÉMISLAS.

Éloigne-toi, ou mes nombreux serviteurs vont te faire repentir de ton audace. *(Il saisit une sonnette sur la table.)*

CASIMIR, *tirant un pistolet.*

Un mot, un geste, et je t'étends mort à mes pieds !

PRÉMISLAS.

Lâche ! si nos armes étaient égales...

CASIMIR, *déposant son pistolet.*

Elles le sont. *(Il ouvre son manteau.)* Regarde : mon sein est découvert ! je veux rester inconnu sous ce casque, mais non inaccessible au fer de mon adversaire : vise à mon cœur, il n'a d'autre défense que cette épée et mon courage !

*(Poussé à bout, Prémislas est forcé de se mettre en garde, et bientôt commence entr'eux un combat vif et acharné. La victoire n'est pas long-temps incertaine ; Prémislas, frappé à l'épaule gauche, tombe aux pieds de Casimir.)*

PRÉMISLAS.

Je succombe !

CASIMIR, *reprenant son manteau.*

Je suis vengé !

*(Grand tumulte extérieur. Les trois portes du fond s'ouvrent avec fracas, et on aperçoit une foule de serviteurs avec des flambeaux. En avant est Drolinsko qui les conduit.)*

# SCÈNE XVI.

## LES MÊMES, DROLINSKO, Écuyers, Pages.

DROLINSKO.

Oui, oui ; je vous dis que l'inconnu qui a enlevé l'armure est dans cette galerie. *(apercevant Casimir.)* Eh ! le voilà !

*(Les serviteurs se précipitent dans la salle et s'arrêtent en voyant le comte étendu, et faisant de vains efforts pour se relever. Deux serviteurs courent vers lui, tandis que les autres cherchent à se rendre*

*maîtres de Casimir, qui se dégagent de ceux qui le serrent de trop près en leur opposant ses pistolets, et profitant du tumulte général qui règne partout, il s'échappe en sautant par une fenêtre. On relève Prémislas, on le pose sur un fauteuil, le Palatin reprend un peu ses sens. Il reconnaît ses serviteurs.)*

# SCENE XVII.

LES MÊMES, LE CASTELLAN, RUDZOLOFF, Suite.

LE CASTELLAN, *accourant.*

Grand Dieu ! le Palatin assassiné !

PRÉMISLAS, *d'une voix éteinte.*

Un rival ! la vengeance...

LE CASTELLAN.

Oui, vous l'obtiendrez ! et quel que soit le meurtrier, elle sera terrible !

( *On entend deux coups de pistolets.* )

# SCENE XVIII.

LES MÊMES, DROLINSKO qui revient, ensuite CASIMIR, OLINSKA, MARTHA, vassaux.

DROLINSKO, *accourant le premier.*

Nous le tenons ! il est pris, il est pris.

( *On ramène Casimir toujours enveloppé dans le manteau et la visière baissée. Il garde une contenance tranquille au milieu du trouble qui règne autour de lui; presqu'en même temps on voit arriver d'un autre côté, Olinska suivie de Martha et de ses femmes.* )

PRÉMISLAS, *se soulevant pour désigner Casimir.*

Oui, c'est lui.

LE CASTELLAN.

Qu'on enlève ce manteau qui dérobe le scélérat à nos regards.

( *Avant qu'on ait eu le temps d'exécuter cet ordre, Casimir jette son casque et son manteau.* )

TOUS.

Casimir !

LE CASTELLAN.

Mes soupçons étaient donc vrai !

LES SERVITEURS DE PRÉMISLAS.

Qu'il meure !

( *Ils sont prêts à se jetter sur lui.* )

LE CASTELLAN , *au comble de la fureur.*

Arrêtez! je lui réserve le supplice terrible infligé aux esclaves rebelles! que ce vil Tartare soit attaché sur ce cheval fougueux qu'on n'a pu dompter, que le coursier soit rendu aux déserts qui l'ont vu naître, et que le meurtrier qu'il traînera à travers les précipices , soit livré à toutes les horreurs d'une mort lente et douloureuse !

*( Cet arrêt cruel s'exécute, Casimir ferme et tranquille semble le braver, il est entraîné au moment hors de la scène par les serviteurs de Prémislas et les soldats du Castellan. Olinska qui est restée un moment immobile d'horreur, voyant partir son amant, veut s'élancer vers lui; on arrête ses pas , elle se jette aux genoux de son père. )*

OLINSKA.

Ah! mon père , grâce pour celui qui m'a sauvé la vie.

LE CASTELLAN.

Fille indigne! oses-tu prendre sa défense, rien ne peut le sauver !

*( Il la repousse avec dureté et va auprès de Prémislas qui semble reprendre un peu de force. )*

*Olinska égarée, s'est échappée des bras de Martha, elle parcourt la scène, veut sortir; partout le chemin lui est fermé , elle s'arrête au fond et recule avec horreur au spectacle qui s'offre à ses yeux.*

*Tout le fond du Théâtre se trouve alors vivement éclairé par le grand nombre de flambeaux que portent les serviteurs ; on aperçoit au-delà de la grille, Casimir attaché sur le cheval indompté , qui, violemment excité , traverse la scène avec la rapidité de l'éclair. Casimir dit un dernier adieu à son amante, en prononçant son nom avec des cris douloureux, et disparaît un moment. Olinska veut de nouveau courir à Casimir; on la retient, et dans ce moment le coursier qui reparaît, parvenu sur la montagne s'élance par dessus le torrent, et disparaît pour toujours au milieu des flots de l'abîme qu'il franchit. Olinska jette un cri et tombe évanouie.*

## FIN DU PREMIER ACTE.

# ACTE SECOND.

*Le Théâtre représente, en avant, l'intérieur d'une grotte ou caverne ou-*
*verte au fond, et laissant voir un site âpre et sauvage, avec un lac qui*
*s'étend au loin à travers des campagnes désertes ou steps de la*
*Tartarie. Dans la grotte, à droite, est l'entrée d'une autre caverne qui*
*semble se prolonger sous la montagne ; cette entrée est fermée avec une*
*barrière en bois brut ; à côté est un banc naturel couvert de mousse et*
*détaché du reste.*

*On aperçoit, dans un grand lointain, au-delà du lac, divers groupes*
*de chevaux paissant dans les steps en liberté.*

## SCENE PREMIÈRE.

### OZEB, ZÉLOS

*( Ils entrent par le fond, en tournant les bords du lac, et arrivent avec*
*mystère au milieu de la grotte.)*

OZEB.

C'est donc ici la demeure de cette femme extraordinaire que les
Tartares appellent leur prophétesse ?

ZÉLOS.

Oui, seigneur, mais la partie, habitée par ma bonne maîtresse,
est dans un souterrain profond, creusé, de ce côté, dans le roc.

OZEB.

Est-elle maintenant dans le souterrain ?

ZÉLOS.

Non, seigneur étranger, Korella passe toutes les nuits sur le
sommet des rochers qui forment cette caverne ; de cet endroit, la
vue s'étend sur les déserts immenses de la Tartarie, jusqu'aux montagnes éloignées, aux pieds desquelles coule le Dnieper qui nous
sépare de la Pologne.

OZEB.

Et qu'y fait-elle ?

#### ZÉLOS.

On dit qu'averti par une révélation céleste, elle attend le retour
de celui qui doit régner sur nous, ce Mazeppa, petit-fils du Kan
qui nous gouverne en ce moment, et l'unique héritier du trône
tartare.

#### OZEB.

Hélas! Mazeppa a péri encore enfant, lors de la dernière et malheureuse invasion des frontières polonaises.

#### ZÉLOS

La prophétesse croit qu'il a échappé à la mort; mais qu'il est
resté en esclavage.

#### OZEB.

Sait-elle que le Roi est venu camper, cette nuit, non loin de
ces lieux ?

#### ZÉLOS

Elle doit le savoir. Sa vue, dit-on, embrasse le passé, le présent et l'avenir... (*On entend des sons tristes et mystérieux. Je l'entends... la voilà qui s'avance... Voyez, seigneur, sa démarhe
triste et rêveuse...*

#### OZEB, *regardant.*

Ses yeux sont levés vers le ciel... Une pensée vague, mais
profonde semble l'occuper... et la rendre étrangère à ce qui l'entoure...

#### ZÉLOS.

C'est ainsi qu'elle s'offre à nos regards, quand elle est inspirée...
Si vous voulez la consulter !...

#### OZEB, *préoccupé.*

Non, je ne puis en ce moment; je la verrai demain... aujourd'hui
peut-être... (*à part.*) Allons instruire le Kan de tout ce que je
viens d'apprendre.

(*Il s'éloigne par le fond d'un côté, tandis que Korella s'avance de
l'autre sans le voir.*)

## SCENE II.

### KORELLA, ZELOS.

#### KORELLA.

Quels sinistres présages!.. Vers la Pologne, ce nuage affreux
poussé par la tempête..! (*Elle s'arrête.*) ma tête est brûlante...
(*Elle s'appuie contre un rocher.*) je puis à peine me soutenir.

#### ZÉLOS., *s'approchant d'elle.*

Calmez-vous, bonne maîtresse.

KORELLA, *revenant à elle.*

Ah! c'est toi, fidèle Zélos? es-tu seul?...

ZÉLOS.

Ma bonne Korella, vous paraissez bien fatiguée... un peu de repos...

KORELLA.

Tu as raison, j'en ai besoin... Cette nuit, des songes bizarres... avertissemens célestes...

(*On entend une musique champêtre.*)

ZÉLOS.

Ce sont nos bons amis, les pasteurs du Désert.

KORELLA.

As-tu pris soin de préparer leur repas?

ZÉLOS, *montrant un rocher saillant sur lequel sont des vases et paniers.*
Tout est prêt.

KORELLA.

Bien, mon ami, qu'ils viennent auprès de nous, qu'ils se reposent ici pendant la chaleur du jour... Ah! si l'orage qui se prépare, devait les atteindre!.. que dis-je? une heureuse obscurité les préserve de tout danger... c'est le chêne orgueilleux que va chercher la foudre, et non l'humble arbrisseau. (*Après un silence.*) Je vais descendre dans mes retraites mystérieuses pour me livrer à mes travaux. Si quelqu'un réclame mes conseils ou mes secours, tu viendras m'en prévenir.

(*Les chants rustiques semblent se rapprocher, Korella entre dans le souterrain, dont la barrière se referme sur elle. Zélos va au-devant des pâtres; il dirige devant eux des chevaux nus et libres qui vont se joindre aux autres et paître dans les steps.*)

# SCÈNE III.

## ZELOS, KOSKAR, Pasteurs, Pastourelles.

KOSKAR.

Nous voilà enfin, père Zélos! j'ai cru que nous n'arriverions jamais? tant la journée est brûlante! et la traversée du désert nous a procuré une faim dévorante.

ZÉLOS.

Korella a bien deviné tout cela. Voici du lait pour vous rafraîchir, et des pains de maïs pour calmer votre appétit.

( *Tous se jettent sur les vases et les gâteaux, en criant:* Ah! la bonne, la bonne Korella! )

UN PASTEUR.

Elle est bien bonne, la prophêtesse.

KOSKAR, *mangeant avec avidité.*

Et ses galettes donc?...

( *Les Pasteurs sont groupés avec les femmes de divers côtés : ils boivent et mangent gaiment.* )

ZÉLOS, *frappant sur l'épaule de Koskar qui boit.*

Il paraît que la soif...

KOSKAR, *buvant et mangeant à la fois.*

Me tourmentait comme la faim; mais grâce à vous, père Zélos, l'une et l'autre commencent à s'appaiser.

ZÉLOS.

Eh bien ! alors, mon cher Koskar, prends ton rustique pipeau ( *il montre l'instrument pendu à sa ceinture.* ) et accompagne ce vieux pâtre... ( *Il lui indique un Tartare.* ) qui nous chantera la chanson du *Volpas.*

KOSKAR.

Comment ! cette terrible chanson du génie sauvage du désert?.. Ça me fait trembler, moi, quand j'en joue seulement l'air.

ZÉLOS.

Et crois-tu par hasard que tout ce qu'on dit de ce Volpas dont tout le monde parle, et que personne n'a jamais vu, soit véritable?..

KOSKAR.

Si c'est vrai? c'est sûr! je le sais bien, moi; car je me souviens que mon père m'a dit que son père lui avait conté que son grand-père avait ouï dire qu'on l'avait vu dans le désert ce génie méchant, qui n'apparaît que pour annoncer de grands événemens! ce terrible Volpas, ravageant tout, détruisant tout!.. quel mal il fait!..

ZÉLOS.

Aux méchans qui lui ressemblent... mais à nous, bonnes gens... Allons, allons, voyons la chanson, et ne craignez point le volpas, puisque nous ne faisons de mal à personne.

( *Les pasteurs et pastourelles se sont rassemblés, Koskar monte sur un tertre et joue de son pipeau ou musette à vent. Le vieux pâtre placé au bas, chante et s'accompagnant d'un instrument, fait de plusieurs bâtons sur lequel il frappe avec un morceau de fer. Sur les ritournelles, tous les hommes et les femmes figurent une danse lourde et presque sur place avec de grands mouvemens de têtes et de bras, et terminée chaque fois par des groupes grotesques et variés.* )

# CHANSON TARTARE.

**PREMIER COUPLET.**

Dans les champs de la Tartarie
Il est un génie infernal ;
La voix de la tempête à sa voix se marie,
Au milieu des éclairs galoppe son cheval !
D'épouvante et de mort il trace sa carrière.
Toi, surtout, pastourelle aux séduisans appas !
Fuis sous la tente hospitalière ;
Un démon te poursuit... ah ! fuis, c'est le Volpas !

*(On répète la fin en chœur avec des signes d'effroi.)*

**2ᵐᵉ COUPLET.**

Le vent hérisse la crinière
De son coursier noir et fougueux,
Ses pieds en tourbillons font voler la poussière,
Et ses naseaux fumans lancent au loin des feux !
Rien ne peut échapper à sa fureur guerrière.
Toi, surtout, pastourelle, redoute ses longs bras ;
Fuis sous la tente hospitalière,
Un démon te poursuit... ah ! fuis, c'est le Volpas !

*(Chœur et danse.)*

**3ᵐᵉ COUPLET.**

Quand il apparaît, la tempête
Agite la terre et les eaux !
On entend dans les airs l'éclatante trompette...

*( Des sons de trompes se font tout-à-coup entendre et interrompent le chanteur. Koskar reste muet et tremblant. Effroi de tous les pasteurs qui se serrent les uns contre les autres ; le vieux Zélos remonte la scène.)*

ZÉLOS.

Ce bruit guerrier annonce l'approche du brave Thamar, le premier capitaine d'Abder-Kan.

KOSKAR , *faisant le brave.*

Je vous le disais bien , moi, que ce n'était rien. Mais vous autres, vous avez peur de votre ombre.... Ce n'est pas le Volpas, puisque c'est le puissant Thamar... ( *plus bas.* ) qui est bien aussi méchant , ce n'est pas l'embarras.

ZÉLOS , *bas.*

Silence ! si Thamar t'entendait...

*( Il lui fait un geste expressif, Koskar recule et se mêle parmi ses compagnons.)*

## SCÈNE IV.

Les Mêmes, THAMAR, Guerriers Tartares.

(*Thamar paraît avec sa suite, à sa vue tout le monde s'incline avec soumission.*)

THAMAR.

Pasteurs du désert, réunissez-vous, et partez pour le grand campement. Abder-Kan, notre prince, a donné l'ordre à tous les Tartares des divers tribuls sur lesquelles il règne, de les rassembler dans la plaine où s'élève la tente royale. Partez sans différer ; telle est la volonté souveraine.

(*D'après cet ordre, Koskar sonne de la trompe. Ces sons se répètent au loin et sont entendus par les dociles coursiers qui paissent au fond ; plusieurs paraissent en avant sans être dirigés ; des Tartares s'élancent sur leur dos à crin et s'éloignent en se croisant de divers côtés. Ce mouvement est répété sur la pelouse au-delà du lac ; des groupes de cavaliers paraissent se retirer et se perdent bientôt dans la forêt.*)

## SCÈNE V.

Les Mêmes, *excepté les Pasteurs.*

THAMAR, *à Zelos.*

Préviens Korella que je veux la consulter en secret.

ZÉLOS.

Vous, consulter la prophétesse ?

THAMAR.

Oui.

ZÉLOS.

Vous, qui jusqu'à ce jour n'avez accordé à ses discours aucune confiance....

THAMAR.

Que t'importe ! obéis.

ZÉLOS.

Oui, seigneur. (*A part.*) Que veut-il à Korella ?.. je n'aime pas ce Thamar, et je crains...

(*Thamar fait un geste d'impatience qui interrompt le vieillard qui, pressé par les guerriers, entre dans le souterrain.*)

## SCÈNE VI.

Les Mêmes, *excepté Zélos.*

THAMAR, *à ceux qui l'environnent.*

Je veux que cette femme favorise notre parti et qu'elle seconde mes projets : non que j'abaisse ma raison jusqu'à croire à de vains prestiges ; mais ils sont quelquefois nécessaires pour frapper l'esprit de la multitude. En lui prodiguant l'or, Korella, révérée par les crédules Tartares, peut m'aider à mettre aujourd'hui en mes mains ce cimeterre sacré, marque de la souveraine puissance parmi nous, et que mes armes sauront bien y maintenir.

*(Tous font un mouvement pour marquer leur adhésion et leur dévouement. Zélos reparaît à l'entrée de la caverne; effrayé de voir l'air menaçant des guerriers, il s'est arrêté. Korella le suit, il l'a montrée à Thamar; celui-ci d'un geste fait retirer ses compagnons. Zélos s'éloigne avec eux hors de la vue.)*

## SCENE VII.

### THAMAR, KORELLA.

THAMAR.

Korella, Thamar est devant toi.

KORELLA ; *sans le regarder.*

Que veut-il à la prophétesse du désert ?

THAMAR.

La consulter.

KORELLA ; *montrant le ciel du doigt.*

Sur l'avenir ?

THAMAR, *avec dédain.*

L'avenir est couvert d'un voile qu'il n'est pas permis à la faiblesse humaine de soulever.

KORELLA.

Celui qui pense ainsi n'a pas besoin des conseils de la devineresse. Adieu.

THAMAR.

Demeure. *(Elle se retourne et le regarde avec étonnement.)*

KORELLA, *après un long silence.*

A cette voix, j'éprouve une émotion ; le génie protecteur de la Tartarie m'inspire !

THAMAR, *avec une intention marquée.*

Grave donc mes discours dans ta pensée, afin qu'il en sorte un oracle utile à nos tribus.

KORELLA.

Parle, je t'écoute.

THAMAR.

Tu sais que les Tartares ont besoin d'un guerrier pour les conduire, et que je suis toujours le premier dans les combats ?

KORELLA.

J'entends, tu veux régner.

THAMAR.

Crois-tu donc que je n'en sois pas digne ?

KORELLA , *les yeux au ciel.*

Celui qui lit au fond du cœur des mortels peut seul le savoir.

THAMAR.

Il a fait naître dans le mien la noble ambition qui m'entraîne vers le trône. Écoute-moi , Korella : le vieux Abder-Kan , notre prince , nourrissant dans son âme le fol espoir de retrouver un jour son petit fils Mazeppa , a refusé jusqu'à ce moment de désigner son successeur; mais, pressé par son âge et nos sollicitations, il doit le faire demain.

KORELLA.

Je le sais.

THAMAR.

Mais avant , il a conçu le désir de consulter, sans être connu , celle que ses sujets regardent comme l'interprète du Destin.

KORELLA.

Je l'attends.

THAMAR.

Eh bien ! il faut que Korella, en s'entourant des prestiges qu'enfantera son adresse , déclare à notre prince que le génie du désert, ce redoutable Volgas, dont le nom seul effraye tous les habitans de ces contrées , doit apparaître incessamment au milieu de nous, pour faire connaître d'une manière extraordinaire le guerrier qui doit succéder au pouvoir souverain.

KORELLA.

Et ce guerrier ?

THAMAR.

Ce sera moi.

KORELLA.

Toi , Thamar ! Et comment sais-tu que le génie du désert doit apparaître ?

THAMAR.

Mon plan est concerté avec des guerriers fidèles et dévoués à ma cause. La réussite est certaine ; prononce ton oracle, et je te promets de l'accomplir.

KORELLA.

Ainsi , c'est par un stratagème impie que Thamar veut régner ?

THAMAR.

Aurais-tu l'audace de juger mes intentions?... Korella, si tu trahis le secret de cet entretien , cette nuit, la mort la plus terrible !....

*Mazeppa.*                                                    5

34

KORELLA , *après un regard de dédain.*

Et si je sers tes projets ambitieux ?

THAMAR.

Ta gloire est à son comble et ta fortune est faite. (*lui donnant une bourse.*) Tiens, voilà de l'or que je remets entre tes mains comme un gage de mes promesses, tu peux en disposer des-à-présent.

KOLELLA , *vivement..*

Je le distribuerai aux plus pauvres de ma tribu.

THAMAR.

Pourquoi ?

KORELLA , *préoccupée.*

Afin que le ciel soit favorable à mes prières ! .. La singulière proposition que tu me fais, les pensées qui s'offrent à mes esprits, les rêves de cette nuit, une force inconnue qui m'entraîne... Thamar, tu seras satisfait !

THAMAR.

Fort bien. Je vois qu'au milieu des mystères dont tu t'environnes, tu connais les véritables intérêts. (*On entend un bruit extérieur.*) Abder-Kan s'avance avec les anciens de nos tribus. Confondu parmi eux sous un vêtement simple , et sachant que tu ne le connais pas , il veut éprouver ton pouvoir ; mais il te sera facile de le reconnaître à sa ceinture blanche.

KORELLA.

Il vient de la quitter pour ne point être reconnu. Les Dieux m'éclaireront.

(*Thamar, surpris, remonte la scène pour rejoindre ses guerriers qui reparaissent d'un côté , tandis que le cortége des vieillards s'avance de l'autre. Korella est restée seule à l'avant-scène , plongée dans sa rêverie.*)

SCENE VIII.

LES MÊMES, ABDER-KAN , OZEB, Vieillards , Tartares , Suite , etc.

(*Tous les vieillards , y compris Abder-Kan et Ozeb, sont vêtus uniformément sans aucune distinction. Ils s'avancent à pied avec lenteur, et viennent saluer Korella avec respect. Au fond, du côté opposé, on voit Thamar et ses guerriers.*)

OZEB.

Korella , tu vois devant toi quelques malheureux pasteurs : une maladie cruelle ravage nos déserts ; elle ne peut être appaisée que par la protection céleste.

KORELLA.

Elle n'est jamais refusée aux hommes dont e cœur est pur
mais ceux qui veulent tromper ne l'obtiendront pas.

OZEB.

Que veux-tu dire ?

KORELLA.

En vain tu voudrais me déguiser la vérité, le ciel la dévoile à
mes regards. Ecoute : (*Tous les vieillards se rapprochent d'elle et la
regardent avec étonnement. Thamar, du fond, l'examine avec une
sorte d'inquiétude.*) Les malheurs dont tu me parles sont imaginaires;
de plus grands intérêts vous occupent, et l'un de vous est venu
pour interroger la prophétesse du désert sur le sort futur d'un des
plus puissans princes de la Tartarie.

OZEB.

Un de nous ?.. (*sur un signe affirmatif d'Abder-Kan.*) Eh bien !
je cesserai de feindre. C'est moi qui suis le souverain de ces contrées... (*Korella fait un mouvement.*) Oui, tu vois devant toi Abder-Kan ! Que dois-je espérer ? que puis-je craindre ?

KORELLA.

Tu veux m'abuser encore. (*Elle le repousse doucement.*) Serviteur
du prince, ta démarche prouve ton obéissance ; mais c'est en vain
que je t'écouterais. Retire-toi, fidèle Ozeb, laisse parler ton maître
lui-même ; il est devant moi. (*Allant droit à lui.*) Le voici !

ABDER-KAN.

Que dites-vous, Korella ?

KORELLA, *avec respect.*

O prince ! crois-tu pouvoir te cacher aux yeux de celui qui
m'inspire ? (*Elle met un genou à terre.*) Je suis aux pieds du Kan des
Tartares ! Que désires-tu de ton esclave ? elle est prête à t'obéir.

ABDER-KAN.

Relève-toi et réponds. A l'instant de nommer mon successeur,
des présages affreux me poursuivent...

KORELLA, *s'animant par degrés.*

Je les connais, prince. Cette nuit encore, tu as cru revoir ce fils
des rois de la Tartarie, laissé sur les champs de bataille dans les
plaines de la Pologne...

ABDER-KAN, *ému.*

Oui, je l'ai revu ce jeune et malheureux Mazeppa; mais, hélas !
ce n'était qu'un songe trompeur.

(*Thamar, qui s'est rapproché de la suite du prince, fait des signes
à Korella, qui continue sans y prendre garde.*)

KORELLA.

A l'instant où tu le pressais dans tes bras, un tigre s'est précipité sur lui... son sang a coulé....

*(Thamar paraît furieux.)*

ABDER-KAN.

N'achève pas! je reconnais maintenant l'esprit qui t'anime. Eh! bien, sage prophétesse, puisque les secrets les plus cachés te sont connus, fais cesser, je t'en conjure, la cruelle anxiété qui dévore mon âme!... Reverrai-je Mazeppa? vit-il encore?... Je me soumets d'avance à l'oracle que tu vas prononcer, et si mon fils a cessé d'exister, c'est par ta bouche que le ciel doit désigner le souverain futur de la Tartarie.

*(Le jour s'obscurcit.)*

THAMAR, *bas à Korella.*

Songe à mes bienfaits, à ma vengeance!...

*(Le tonnerre gronde au loin, éclairs.)*

KORELLA, *toujours du ton de l'inspiration.*

L'esprit du désert, que le peuple de ces climats croit être le génie du mal, est ton protecteur. Bientôt, bientôt il manifestera sa volonté... Oui... de ce lac... au milieu des éclats de la foudre... c'est lui, lui-même qui fera connaître quel doit être le successeur d'Abder-Kan!

*(Éclairs multipliés, tonnerre, obscurité. Étonnement général.)*

THAMAR, *bas à Korella.*

Je suis satisfait. *(à part.)* Bientôt je saurai réaliser cet oracle.

*(L'orage approche, le tonnerre se fait entendre de plus près. L'inquiétude et l'effroi règnent dans tous les cœurs; mais l'espérance se peint sur la figure du vieux Kan et sur celle de Thamar par deux sentimens opposés.*

*La prophétesse semble oppressée; sa vue intérieure est dirigée vers un objet qui excite toute son attention, et qui ne paraît visible que pour elle seule : les éclairs, en faisant voir son visage pâle et agité, attirent les regards du prince et de tous les siens. Tout-à-coup elle jette un cri de terreur; un coup de tonnerre plus fort semble lui répondre; elle tombe appuyée sur le rocher, en s'écriant :)*

KORELLA.

Il vient, il vient!

*( L'obscurité est devenue plus profonde et la tempête plus menaçante.)*

## SCENE IX.

LES MÊMES; KOSKAR, PASTEURS, FEMMES, ENFANS. *Ils accourent tumultueusement.*

KOSKAR.

Le Volpas! le Volpas!

TOUS.

Le Volpas!

KOSKAR, *d'une voix tremblante de frayeur.*

Oui, je viens de l'apercevoir au milieu d'un nuage de poussière.. du côté des montagnes qui bordent la Pologne... Ah, bon Dieu! quel horrible aspect! Il est monté sur un cheval fougueux qui semble avoir des ailes, et qui va comme le vent....Le voilà! le voilà!

(*Cri général de terreur.*)

## SCENA X.

### LES MÊMES, CASIMIR.

(*L'orage est dans toute sa force; on aperçoit au-delà du lac le cheval tartare sur lequel est attaché Casimir; il traverse le Steps au grand galop. Les pasteurs, les femmes, les enfans, se prosternent en groupes; Casimir semble faire les derniers efforts pour se débarrasser des liens qui le retiennent; il s'écrie d'une voix étouffée :*)

CASIMIR.

Au secours! au secours!

(*Il disparaît un moment avec le cheval; tout le monde est groupé sur les bords du lac, Thamar, seul à l'avant-scène, ne sait comment expliquer cette étrange apparition.*

*Les pasteurs se relèvent et regardent au fond en tremblant. Thamar est inquiet, agité, irrésolu; il se consulte à part avec ses confidens, et menace en arrière Korella, qui paraît accablée et hors d'état de rien sentir.*

*Plusieurs groupes de Tartares refluent en scène; les éclats du tonnerre redoublent, la terreur est à son comble. Le cheval sauvage reparaît de nouveau, mais plus rapproché, sur un roc formant une petite plate-forme au-dessus du lac. En se débattant, Casimir a débarrassé sa tête et un de ses bras; il s'agite et crie une seconde fois:*)

CASIMIR.

Par pitié, sauvez-moi! sauvez-moi!

(*Dans ce moment, rapide comme la pensée, la foudre éclate et tombe près du rocher sur un sapin, qu'elle brise et qu'elle renverse; en même temps, le coursier et le cavalier, précipités dans le lac, s'abiment. Une barque est sur les bords; deux Tartares, plus intrépides que les autres, s'y jettent à l'instant.*

*Pendant ces divers mouvemens, au milieu du trouble et de la confusion qui règnent partout, Thamar, dévoré d'inquiétude, veut interroger à part Korella sur ce singulier événement, auquel il ne comprend rien. Il s'approche d'elle en la menaçant; elle garde un morne silence, montre le ciel et oppose un froid dédain aux menaces de Thamar, que la présence d'Abder-Kan force à la contrainte.*

*La tempête se calme peu à peu, l'arc-en-ciel paraît au fond, à travers les arbres, et le jour, paraissant, permet de voir Casimir, que sa chute a détaché du cheval; il nage vers la barque qui le reçoit, mais à peine y est-il entré qu'il tombe évanoui. La barque se dirige vers le rivage; les Tartares, diversement groupés, regardent avec pitié l'étranger qu'on apporte sans connaissance, et qu'on dépose sur le banc de mousse, à l'avant-scène. Thamar et ses affidés sont toujours dans un étonnement mêlé de courroux. Le vieux prince, l'esprit frappé de la prédiction qu'on vient de lui faire, s'est approché avec un tendre intérêt de Casimir.)*

ABDER-KAN.

L'infortuné!... Ces vêtemens en lambeaux, ce front décoloré... (*Il soulève sa tête.*) Korella, hâtez-vous de le secourir... et, s'il se peut, de le rendre à la vie.

THAMAR, à part.

Par quel prodige?... je n'avais rien ordonné encore... Korella aurait-elle conçu la même pensée que moi... et prétendrait elle en favoriser un autre?

*(Korella obéit avec empressement, elle prodigue tous ses soins à Casimir. Les Tartares sont, en diverses postures pittoresques, autour du blessé. Le vieux Kan veut lui-même aider à étancher le sang. Tout-à-coup il reste immobile de surprise en découvrant au cou du jeune étranger la chaîne d'or et l'étoile de pierreries. Il examine attentivement cette dernière, l'ouvre; son émotion s'accroît avec sa surprise; il met un genou en terre, découvre la poitrine du blessé, regarde son sein, son bras droit, et jette un cri de joie.)*

ABDER-KAN.

Grand Dieu! cette chaîne... cette étoile... cette marque royale imprimée au-dessus du cœur... ce nom de Mazeppa gravé... plus de doute! Mes amis, mes vœux et les vôtres sont comblés! les prédictions de Korella s'accomplissent!....Chefs des tribus, et vous tous, Tartares, approchez....Voyez, et reconnaissez mon fils Mazeppa, votre prince et mon légitime héritier.

(*Il montre les marques certaines qui lui ont fait reconnaître son fils.
Tous témoignent la joie la plus vive, qui fait contraste avec la fureur
mal déguisée de Thamar et des siens.*)

KORELLA.

Prince, craignez de vous livrer à une joie trompeuse; ce jeune
infortuné est profondément évanoui, l'instant où il ouvrira les yeux
doit décider de sa vie ou de sa mort.

ABDER-KAN.

Génie protecteur de la Tartarie, n'aurais-tu rendu mon fils à
mon amour que pour me le ravir de nouveau? Dieu tout-puissant,
jette un regard de pitié sur ce peuple qui voit en lui son avenir!

(*Il se met à genoux, tous les Tartares l'imitent et tendent les mains vers
le ciel. Seul en arrière, Thamar semble méditer une action coupable,
et se montre menaçant tandis que tous supplient. Abder-Kan se
relevant :*)

Que tout se prépare pour transporter mon fils sous la tente royale.
Sage Korella, vous ne le quitterez pas, vous lui prodiguerez tous
les soins, tous les secours que vous inspireront et votre dévouement
au sang de vos princes et les rares connaissances dont le ciel vous a
comblée. (*A sa suite.*) Que les ordres de la prophétesse soient exécutés, et qu'on lui obéisse comme à moi-même.

(*Korella fait un signe à Zélos et à plusieurs autres serviteurs. Elle entre
avec eux dans l'intérieur de la caverne.*)

# SCÈNE XI.

### LES MÊMES, *excepté* KORELLA.

ABDER-KAN.

Brave Thamar, faites proclamer dans toutes les tribus l'événement qui vient de me rendre mon fils; que le grand conseil des
chefs s'assemble, je me rendrai bientôt au milieu d'eux pour faire
connaître ma volonté.

THAMAR, *déguisant sa fureur.*

Il suffit, seigneur.

ABDER-KAN.

C'est vous que je charge de la garde extérieure de la tente royale.
Que les guerriers les plus fidèles, choisis par vous, viennent veiller
sur mon fils.

THAMAR.

Vos ordres seront exécutés.

(*Il s'incline en affectant une entière soumission au vieux Kan, qui
retourne vers son fils en exprimant la plus tendre sollicitude.*

## SCENE XII.

### Les Mêmes, KORELLA, ZÉLOS, etc.

*( Korella reparaît tenant un vase et une cassette ; elle est suivie de Zélos et des Tartares qui portent un brancard recouvert de peaux d'animaux sauvages.*

*On y place Mazeppa avec précaution, Korella lui fait respirer un flacon qu'elle tire de son sein, et qui semble le ranimer un peu. Il pose la main sur son cœur, soulève sa tête et la laisse retomber ensuite sur le sein d'Abder-Kan en murmurant le nom d'Oïnska. Du côté opposé, Korella a saisi la main du jeune prince, et le regarde avec un sentiment d'espérance. On se groupe autour du brancard, les Tartares le soulèvent ; on se met en marche. Le cortège disparaît par le fond en tournant le lac, tandis que Thamar est resté en avant avec ses guerriers, qui gardent un morne silence, rangés autour de leur chef mécontent.)*

## SCENE XIII.

### THAMAR, TARTARES.

#### THAMAR.

Braves amis, prêt à voir renverser toutes mes espérances, je ne compte plus que sur vous. (*Tous se rapprochent de lui d'un air farouche.*) Réunis pour la même cause, souffrirez-vous que la puissance échappe à votre chef pour passer en des mains étrangères ? La perfide Korella, vendue sans doute à nos ennemis, a trahi sa promesse !... Elle doit périr ! Quant à ce jeune homme, que le hasard ou le calcul d'une adroite politique viennent d'amener en ces lieux, qu'il soit ou non le petit-fils d'Abder Kan, il faut qu'il meure ! (*Avec une farouche satisfaction.*) Sa garde m'est confiée... nous saisirons l'instant favorable... et cette nuit même... (*Les Tartares, qui ont tous la main à leur poignard, font un geste affirmatif.*) Partons !

*(Ils s'éloignent par le fond du côté opposé au cortège.)*
*( Le théâtre change, et représente la tente d'Abder-Kan. A droite, au fond, est une estrade recouverte de peaux d'ours et entourée de faisceaux d'armes et d'étendards ; à côté est un guéridon sur lequel est une cassette où sont rangées les armes du Kan.)*

## SCENE XIV.

### ZÉLOS, KOSKAR, ESCLAVES.

*(Au changement, Koskar et quelques esclaves guidés par Zélos disposent tout dans la tente. La nuit est venue ; on pose un candélabre allumé près de l'estrade.)*

## SCÈNE XV.

**LES MÊMES, ABDER-KAN, MAZEPPA, KORELLA,
CHEFS GUERRIERS, TARTARES.**

*(Le cortège qui accompagne Mazeppa entre en silence dans la tente. Mazeppa est toujours soutenu sur le brancard par Abder-Kan et Korella. On le pose doucement sur l'estrade. Tout le monde s'est éloigné par respect, il ne reste auprès du jeune homme que le vieux Kan et Korella ; elle cherche à rassurer le prince rempli d'inquiétude sur le sort de son petit-fils.)*

KORELLA.

Modérez vos inquiétudes, seigneur ; l'accablement dans lequel il est plongé est la suite des angoisses terribles qu'il a dû éprouver en traversant le désert attaché sur le coursier indompté ; quelques instans de repos suffiront maintenant, je l'espère, pour lui rendre le sentiment ; et bientôt il retrouvera assez de force pour vous apprendre par quel prodige les dieux protecteurs de la Tartarie l'ont ramené parmi nous. C'est alors, prince, que vous lui ferez connaître vous-même et sa naissance et le sort glorieux qui l'attend.

ABDER-KAN.

Vous répondez de ses jours?... Ah! Korella, cette assurance vous donne des droits éternels à ma reconnaissance.

KORELLA.

J'ai rempli la mission que le ciel m'a donnée, mon cœur ne désire plus rien. Mais le retour imprévu de l'héritier de votre sceptre renverse des espérances contraires, des ambitions qui, peut-être...

ABDER-KAN.

Que voulez-vous dire?

KORELLA.

Rendez-vous auprès des chefs de tribus rassemblés par vos ordres ; entourez-vous de vos plus fidèles sujets et des plus braves, afin que votre fermeté, votre sagesse, déjouent les projets que la trahison pourrait méditer dans l'ombre. Il vaut mieux prévenir le crime que d'avoir à le punir.

ABDER-KAN.

Prophétesse, vos conseils sont d'accord avec des vœux de mon cœur ; ils seront suivis.

*(Il s'éloigne avec ses guerriers, après avoir jeté un regard d'intérêt sur Mazeppa.)*

*Mazepp.*                                                  6

## SCÈNE XVI.

### KORELLA, MAZEPPA, ZÉLOS, KOSKAR, ES-CLAVES.

(*Korella donne divers ordres aux serviteurs qui l'environnent pour le ser-vice du jeune prince. Ils s'éloignent ensuite sur un signe de la prophé-tesse, et sortent guidés par Zélos et Koskar.*)

## SCÈNE XVII.

### KORELLA, MAZEPPA.

(*Restée seule avec Mazeppa, Korella, après l'avoir regardé un instant, parcourt la tente avec attention, prête l'oreille; n'entendant aucun bruit, elle entr'ouvre les portières pour examiner à l'extérieur si rien ne peut troubler le repos et la sûreté du jeune prince. Rassurée en voyant les sentinelles qui sont au-dehors, elle vient se placer auprès de lui, s'assied près de l'estrade, et, tout en réfléchissant, finit par céder elle-même au sommeil.*)

## SCÈNE XVIII.

### LES MÊMES, THAMAR.

(*Après un instant du silence le plus absolu, on aperçoit Thamar. Il s'a-vance furtivement et regarde autour de lui. Il voit Korella profondé-ment endormie, l'instant paraît propice à son odieux projet; il fait un signe.*)

## SCÈNE XIX.

### LES MÊMES, QUATRE TARTARES.

(*Quatre guerriers farouches, dévoués à Thamar, se montrent à l'entrée de la tente; sur un nouveau signe, ils s'approchent en silence. Tha-mar leur désigne le lit de repos.*)

THAMAR, *à demi-voix.*

Amis, le destin nous livre à la fois la perfide Korella et ce jeune imposteur : n'hésitons pas! tous deux doivent périr!... Avancez en silence, et que du sommeil ils passent à la mort.

(*Les Tartares s'approchent doucement vers l'estrade; Korella, toujours endormie, fait un mouvement semblant indiquer qu'un songe l'occupe; ils s'arrêtent surpris et de glaive levé.*)

KORELLA, *les yeux fermés.*

Cher Mazeppa! oui tu régneras un jour pour le bonheur de ton peuple.

THAMAR, *bas.*

Un rêve occupe sa pensée.

KORELLA.

Traître! tu voudrais en vain porter une main sacrilège... Le ciel le veut, il triomphera de tous ses ennemis... Oui, bientôt livré toi-même à la mort... *(Elle se soulève.)*

THAMAR, *élevant la voix.*

Misérable, reçois-la de ma main.

*(Il veut la frapper au cœur, elle esquive le coup et le reçoit au bras.)*

KORELLA, *jetant un cri.*

Ah! *(s'éveillant tout-à-fait.)* Des assassins! au secours! au secours! *(Thamar et ses Tartares se jettent sur elle. Korella ne cherche qu'à préserver Mazeppa en le couvrant de son corps.)* Mazeppa! Mazeppa! défends-toi.

*(On l'entraîne, elle tombe en se débattant. Pendant ce mouvement, qui a éloigné un instant les assassins de l'estrade, Mazeppa, réveillé en sursaut, trouve dans le danger une force surnaturelle. Il s'élance en arrière du lit de repos, embrasse d'un coup-d'œil le péril qui le menace, et, par un mouvement rapide comme la pensée, saisit dans la cassette ouverte, près de lui deux pistolets, et les dirige vers le groupe qui entoure Korella renversée.*

*Les Tartares la quittent bientôt pour se jeter sur cet adversaire; il tire ses pistolets; les deux coups atteignent deux de ses ennemis et les mettent hors de combat. Ils fuient; Mazeppa saisit un sabre, attaque Thamar et se défend en même temps contre les deux autres qui veulent l'envelopper, en s'adossant à l'estrade. Après avoir résisté quelque dans ce combat inégal, il va succomber sous le nombre; dans cet instant, Korella s'est traînée jusqu'au fond; elle frappe un bouclier qui rend un son éclatant. Grand bruit extérieur.)*

<h2 style="text-align:center">SCÈNE XX.</h2>

**LES MÊMES; ABDER-KAN, OZEB, ZÉLOS, KOSKAR, TARTARES, PEUPLE, etc.**

*(La trompette sonne, on entend les cris : Aux armes! La tente s'ouvre au fond, et l'on aperçoit le grand campement des Tartares divisé par tribus, bannières flottantes, et tous les guerriers sous les armes.*

*On accourt en désordre. En avant est le Kan environné de ses chefs; ils se jettent sur Thamar.)*

KORELLA.

Les arrêts du destin sont accomplis. *( Désignant Thamar. )* Voilà celui qui, levant jusqu'au trône les plus coupables regards, voulait y parvenir par un sacrilège! Le ciel, pour confondre son audace, a

44

réalisé l'oracle qu'il prétendait me dicter ; et, le traître, osant encore s'armer contre le ciel lui-même, a porté sur son prince une main parricide...

ABDER-KAN.

Il mérite la mort !.. Que ces traîtres soient livrés au supplice, après avoir été témoins du triomphe de celui qu'ils voulaient assassiner, du prince légitime, de mon fils !..

MAZEPPA.

Qu'entends-je ! vous, mon père.

ABDER-KAN.

Ah ! mon fils ! mon cher Mazeppa !

MAZEPPA.

Mazeppa !

ABDER-KAN.

Vois sur mon cœur !...

( *Il s'est jeté dans les bras du Kan qui les lui tend avec transport. Tous les Tartares élèvent leurs armes autour d'eux, en poussant des cris de joie.* )

ABDER-KAN.

Braves Tartares, voici l'héritier de ma puissance, le guerrier que le ciel destine pour vous commander... Déjà il vient de vous donner une preuve de son courage... il a terrassé les traîtres qui avaient juré sa mort !.. déjà il a dû vous paraître digne du sang auguste qui coule dans ses veines ?.. qu'il soit proclamé à l'instant comme souverain de la Tartarie.

CRI GÉNÉRAL.

Vive Mazeppa !

MAZEPPA , *dont la surprise accroît toujours, est violemment agité.*

Moi ! où suis-je donc ? que m'est-il arrivé ? Après avoir subi le supplice le plus terrible... enchaîné sur un coursier fougueux, j'ai franchi des torrens !.. des déserts !.. des précipices ! .. partout la mort, la mort horrible, inévitable... succombant à tant d'horreur... je cesse de sentir... et je me réveille d'un sommeil que je croyais celui du trépas., libre sous un autre ciel... environné d'un peuple prosterné, qui me proclame son souverain !.. est-ce un songe ?.. existé-je encore ?

ABDER-KAN

Le ciel t'a rendu à nos vœux !

KORELLA.

Règne sur nous, Mazeppa ! sois heureux et puissant.

MAZEPPA.

Heureux ! moi !.. quand une amante chérie ; mon épouse devant Dieu !.. la noble, l'adorable Olinska, devenue le partage

d'un autre... Non, non! je refuse la gloire au prix du bon‑
heur!.. et, s'il est vrai que le ciel, par un prodige inconcevable,
m'a ramené au sein de ma patrie, au milieu de mes frères...
qu'il m'appelle à les commander!.. je n'accepte la puissance que
pour venger leurs outrages et les miens; reconquérir notre gloire
souillée, il y a seize ans, dans les champs de la Pologne; faire
trembler nos ennemis et sauver Olinska!

ARDER‑KAN.

Si celle que tu aimes, est digne de toi, tu peux à la tête de nos
tribus aller l'arracher à ton rival.

MAZEPPA.

Oui, délivrer Olinska ou périr!

KORELLA.

Hâte‑toi, Mazeppa. ( *aux Tartares armés.* ) Armez‑vous, tribus
guerrières, et volez à la victoire sur les pas de votre prince!

MAZEPPA.

Partons!

*(Abderkan conduit son petit‑fils vers un cheval blanc richement capara‑
çonné, qu'on amène au fond, et que les Kans seuls ont le droit de
monter. Le jeune homme s'élance sur le coursier. Le vieux Prince sa‑
tisfait montre son successeur. Les armes et les étendards s'abaissent
devant Mazeppa; il est proclamé Kan de la Tartarie. Pendant ce
mouvement sur le devant de la scène, on entraîne au fond Thamar
et les siens.*

TABLEAU GÉNÉRAL.

FIN DU SECOND ACTE.

# ACTE TROISIÈME.

*Le Théâtre représente une chambre gothique du château du Castellan en Pologne.*

## SCENE PREMIERE.

### OLINSKA, Femmes de sa suite.

*( Au lever du rideau, Olinska pâle, agitée est assise devant une riche toilette, entourée de ses femmes qui finissent de l'habiller et posent sur sa tête un voile et un diadême. Triste, préoccupée, elle se lève donnant à peine le temps de terminer sa brillante parure.*

#### OLINSKA.

Eloignez-vous; je désire seule un instant. ( *à une des femmes.* ) Dites à Martha de se rendre de suite auprès de moi

*( Les femmes sortent. )*

## SCENE II.

### OLINSKA, *seule.*

La victime est parée... elle est prête à marcher à l'autel.... au tombeau! Oui, ce jour est le dernier qui éclairera la malheureuse Olinska! Pourrais-je vivre encore lorsque Casimir, immolé à mes yeux!... ( *Elle se rapproche de sa toilette, découvre un petit coffret caché sous la draperie, l'ouvre, en tire un portrait qu'elle considère avec la plus vive émotion. puis un poignard qu'elle rejette un instant en frémissant.* ) O mon père! vous m'avez ordonné de l'oublier, de donner ma main à Prémislas! vous m'avez menacée de votre malédiction... ( *Indiquant le poignard reste sur sa toilette.* ) Je n'ai que ce moyen terrible de vous obéir et de rester fidelle à la mémoire de celui qui reçut ma foi. ( *Elle prend le poignard et le cache sous son vêtement.* ) Je vous en ai fait le serment, je deviendrai l'épouse de Prémislas... l'honneur de notre famille l'exige! mais ce soir... ce soir je serai près de mon amant... ( *Posant la main où est caché le poignard.* ) Dans la tombe!

*( Elle se rassied avec accablement. )*

# SCENE III.

## OLINSKA, MARTHA.

MARTHA.

Me voilà, chère Olinska.

OLINSKA, *affectant un air plus calme.*

Ah! c'est toi, bonne Martha? Je t'attendais.

MARTHA.

Que désirez-vous de moi?

OLINSKA, *regardant autour d'elle.*

Un service... le dernier que j'exigerai de ton amitié.

MARTHA.

Ah! parlez, parlez, et ma vie s'il le faut.

OLINSKA.

Nous sommes seules?

MARTHA.

Seules.

OLINSKA, *qui est allée prendre le coffret.*

Tiens, regarde. (*l'ouvrant.*) ce portrait...

MARTHA, *vivement.*

C'est celui de...

OLINSKA.

Ah! ne prononce pas son nom dans ces lieux... les cruels! s'ils
l'entendaient... vois aussi ces lettres; ce sont les siennes... voilà
tout ce qui me restait de lui, c'était mon unique trésor! eh bien! il
faut que je m'en sépare, il le faut, puisque j'ai consenti... Avant
qu'un cruel devoir m'entraîne à l'autel, je dois rejeter loin de moi
ces gages d'un amour si pur, mais que je ne puis désormais conser-
ver sans crime; je n'ai pas la force de les anéantir, c'est à toi que
je veux les confier.

MARTHA.

A moi?

OLINSKA.

Pour aller les déposer dans un asyle impénétrable, consacré par
les plus doux souvenirs.

MARTHA.

Je ne vous comprends pas.

OLINSKA.

Non loin de la dernière enceinte de ce château, au fond du bois
qui borde le Dimper, est une sombre vallée.

MARTHA.

La vallée des Tartares ainsi nommée.

OLINSKA.

Au bas de la statue de Saint-Casimir.......... sous le piédestal, tu trouveras un réduit secret creusé sous la pierre ; l'amour nous le fit découvrir dans des temps plus heureux ! c'est là qu'il déposait ses lettres, que je plaçais mystérieusement mes réponses ; c'est là où je veux que ce dépôt précieux reste à jamais caché. (*s'oubliant.*) et quand je ne vivrai plus....

MARTHA , *alarmée.*

Que dites-vous ?

OLINSKA, *se contraignant.*

Pour lui... et qu'un autre....

MARTHA , *très-émue.*

Oui, oui, je vous entends, je vous approuve, avant peu vos desirs seront remplis.

OLINSKA , *avec intention.*

Je l'espère... adieu, adieu !

MARTHA , *lui baisant la main.*

Ah ! bientôt, je l'espère aussi, je vous reverrai plus tranquille.

OLINSKA.

Plus tranquille ? oui, oui, Martha !.... ( *Bruit extérieur.* )

MARTHA , *qui a remonté la scène.*

On approche.

OLINSKA.

C'est mon père, hâte-toi.

( *Martha a pris le coffret qu'elle cache sous son vêtement et sort d'un côté. Le Castellan paraît de l'autre.* )

# SCENE IV.

## OLINSKA, LE CASTELLAN.

LE CASTELLAN.

Olinska, votre conduite imprudente, pouvait appeler le déshonneur sur votre famille et causer la ruine de votre père ! le comte Prémislas, rendu à la vie, n'a vu que le crime d'un serviteur insolent qui avait eu l'audace, sans votre aveu, d'élever sa pensée jusqu'à la fille de son maître, il en a été puni.

OLINSKA , *à mi-voix.*

D'une manière bien terrible !

LE CASTELLAN.

La mort seule pouvait effacer un pareil forfait.

OLINSKA.

La mort l'effacera !

LE CASTELLAN.

J'espère, Olinska, que maintenant je puis compter sur votre soumission ?

OLINSKA.

Je la promets entière.

LE CASTELLAN.

Une telle promesse désarme mon courroux. Ma fille, ce n'est plus un juge, c'est un père qui est devant toi ; j'oublie le passé, je te rends ma tendresse... viens, viens dans mes bras.

(*Elle veut tomber à ses pieds, il la serre contre son cœur.*)

OLINSKA.

Mon père !

LE CASTELLAN.

Chère enfant ! puissent le calme et le bonheur devenir désormais ton partage.

OLINSKA.

Vos vœux seront exaucés, mon père ; avant peu votre fille ne souffrira plus.

(*On entend des fanfares au dehors.*)

LE CASTELLAN.

Le comte Prémislas vient te présenter les chevaliers et les sei-seigneurs de son palatinat.

(*Il remonte la scène pour aller au devant du comte.*)

OLINSKA, *à part.*

O mon Dieu ! soutiens mon courage.

## SCENE V.

LES MÊMES, PRÉMISLAS, RUDZOLOFF, DROLINSKO, Seigneurs, et Dames, Pages, Ecuyers et Serviteurs.

(*Prémislas paraît entouré de chevaliers et seigneurs ; il est suivi des écuyers et serviteurs ayant à leur tête Rudzoloff et Drolinsko. Prémislas porte son bras gauche en écharpe.*)

PRÉMISLAS.

Madame, daignez recevoir les nobles seigneurs qui viennent vous reconnaître pour leur souveraine, et signer l'acte qui m'unit à vous pour jamais.

(*Les chevaliers s'approchent et saluent avec respect*)

OLINSKA, *troublée.*

Comte, une autre qu'Olinska peut-être serait plus digne de tant d'honneur ?

PRÉMISLAS.

C'est en faveur de notre hymen que j'ai obtenu du roi la nomination du Castellan, votre père, à la dignité de vaïvode de ce canton.

LE CASTELLAN.

Olinska, quel jour heureux pour nous.

(*Olinska soupire, Prémislas offre la main à sa future, qui l'accepte en victime résignée; son père la suit avec orgueil; les seigneurs et chevaliers les accompagnent; ils entrent dans un appartement au fond à droite. Rudzoloff, Drolinsko, les écuyers et serviteurs restent en scène.*)

## SCÈNE VI.

### RUDZOLOFF, DROLINSKO, Ecuyers, Serviteurs.

DROLINSKO.

Voilà donc le mariage décidé! comme c'est heureux que ça se termine ainsi; après tout ce qui est arrivé, je ne me serais jamais attendu à une si belle fin... un Tartare qui...

RUDZOLOFF.

Veux-tu te taire? tu sais bien que Monseigneur a défendu de parler de...

DROLINSKO.

Je me tais. Mais parlons de fêtes, de noces... comme ça me va, surtout depuis les nouvelles dignités auxquelles je suis appelé..... (*aux serviteurs.*) Car vous savez, vous autres.

LES SERVITEURS. *venant l'entourer.*

Non, non. Qu'est-ce que c'est?

DROLINSKO.

Je quitte les fonctions de chef des piqueurs, pour entrer dans celles d'officier de bouche. Monseigneur, selon mes désirs et la demande de mon parrain, a bien voulu me nommer adjoint du maître-d'hôtel.

RUDZOLOFF.

Puisqu'on ne pouvait rien faire de toi dans le parti des armes.

DROLINSKO.

Chacun sa vocation. Les exercices de table et de bouche me conviennent beaucoup mieux que ceux de l'épée et de la lance.

RUDZOLOFF.

Poltron! (*avec mépris.*) Un maître-d'hôtel!... quand déjà tu étais apprentif écuyer! quand je serais peut-être parvenu à faire de toi un chef d'hommes d'armes qui pouvait se distinguer au feu de l'ennemi...

DROLINSKO.

Je me distinguerai au feu de la cuisine.

RUDZOLOFF.

Et l'honneur?

DROLINSKO.

J'aime mieux le profit.

RUDZOLOFF.

La gloire?

DROLINSKO.

Il y en a partout à bien faire.... et en conscience, là! ne vaut-il pas mieux apprendre l'art de nourrir les gens, que celui de les tuer?

RUDZOLOFF.

C'est bon, c'est bon! (*avec ironie.*) Allez, monsieur le maître-d'hôtel Drolinsko, allez à l'office.

DROLINSKO.

L'office!.. ah! je ne le quitte plus; c'est là mon centre, à moi.

RUDZOLOFF, *avec fierté.*

Moi, je vais commander la garde d'honneur pour accompagner les nobles époux quand ils se rendront à la chapelle.

DROLINSKO.

C'est ça! chacun à notre poste, et tout ira au mieux.

(*Rudzoloff sort d'un côté avec les écuyers, et Drolinsko de l'autre avec les serviteurs.*)

(*Le théâtre change et représente une vallée pittoresque; au fond, à gauche, est un groupe d'arbres isolés au milieu duquel est la statue de Saint-Casimir élevée sur un piedestal, d'où s'échappe une fontaine. Au-delà, d'un côté des rochers, de l'autre l'entrée d'un bois épais.*)

## SCÈNE VII.

## OZEB, ZÉLOS, KOSKAR, Tartares.

(*Au changement, plusieurs groupes de Tartares, sous divers déguisemens, paraissent, regardent de tous côtés et s'avancent avec précaution. C'est Ozeb et Zélos qui semblent le diriger.*)

OZEB.

Halte! C'est ici que nous devons attendre.

KOSKAR.

Ici?

ZÉLOS.

Est-il prudent de tant nous avancer, en si petit nombre, de ce château que nous devons attaquer?

OZEB.

C'est l'ordre de notre jeune Kan, et grâces aux précautions qu'il nous a fait prendre, nous n'avons rien à craindre.

ZÉLOS.

Moi, craindre!..

KOSKAR.

C'est seulement une observation.

OZEB.

Mazeppa, élevé en ces lieux, en connaît tous les détours; aussi, conduits par lui, sommes-nous arrivés jusque dans cette forêt sans être aperçus.

KOSKAR.

Et la sage Korella, qui accompagne notre jeune chef dans cette expédition, nous a promis la victoire.

ZÉLOS.

Si nous suivions de point en point les conseils que lui a dictés la prudence...

OZEB.

Nous les suivrons, et guidés par sa sagesse et la valeur de Mazeppa, j'irais sans crainte jusqu'aux enfers.

KOSKAR.

Il faut espérer que nous n'irons pas jusque là.

OZER.

Silence, voici Mazeppa.

## SCÈNE VIII.

### LES MÊMES, MAZEPPA.

*(Il entre vivement enveloppé dans un large manteau.)*

MAZEPPA.

Amis, tout semble nous favoriser ; et tandis que nos guerriers s'avancent à marche forcée, conduits par Korella elle-même, nous, pour mieux assurer notre triomphe, nous avons pénétré jusqu'aux pieds de ces murs, qui renferment et tout ce que je hais, et tout ce que j'adore.

OZEC.

Une maîtresse et un rival ! Nous enlèverons l'une et nous frapperons l'autre.

MAZEPPA, *regardant autour de lui avec émotion.*

C'est ici que mon père tomba sous le fer ennemi; que ma mère, qui avait voulu suivre son époux jusqu'au milieu des combats, fut indignement massacrée!... que moi-même je n'échappai à la mort que pour subir l'esclavage... ah! qu'il me tarde de laver dans le sang de mes oppresseurs les fers honteux que j'ai portés! mais loin de moi la pensée de compromettre imprudemment le sort de nos braves; et avant tout, j'ai dû prendre les précautions que pouvait m'inspirer la connaissance que j'ai de ces lieux.

OZEB.

Bien. La valeur n'exclut pas la prudence.

MAZEPPA.

Brave Ozeb, n'as-tu rien oublié des instructions que je t'ai données ?

OZEB.

Rien.

MAZEPPA.

Ceux que j'ai désignés pour t'accompagner sont prêts ?

53

KOSKAR, *montrant un groupe à la tête duquel il est.*

Nous voici.

MAZEPPA.

Les déguisemens que je vous ai fait préparer...

OZEB.

Sont dans une grotte voisine.

MAZEPPA.

Hâtez-vous de suivre mes ordres. Vous pénétrerez facilement
dans le château, sous les noms et les vêtemens connus. Le secret
et l'entière sécurité de l'ennemi nous permettent de joindre la ruse
à l'audace... Avant de frapper, je veux, pour éloigner tout péril
d'Olinska, qu'elle apprenne que j'existe encore pour l'amour et
pour la vengeance! (*Les Tartares font un mouvement.*) Ne craignez
rien, elle ignorera nos projets. C'est de Casimir seul, sans nom,
sans appui, qu'elle connaîtra l'existence... (*Avec une nuance de jalousie.*) Je désire savoir quel parti lui fera prendre cette nouvelle
inattendue !

OZEB.

Introduit dans le château, je parviendrai facilement à cette
vieille Martha que tu m'as indiquée ; et d'après ce que nous sommes convenus de lui dire en lui remettant cet anneau...

MAZEPPA, *avec impatience*

Bien, bien ! (*A Zélos.*) Toi, Zélos, reste en ces lieux avec ceux
que tu commandes. Que rien n'échappe à tes regards ; partout le
plus profond silence. Je vais conduire Ozeb, lui indiquer les che-
mins les moins fréquentés pour parvenir jusqu'au château, sans
être aperçu des habitans de ces campagnes. Je reviendrai bientôt
me remettre à votre tête pour aller au devant de Korella, hâter
l'arrivée de nos guerriers et préparer notre triomphe et la déli-
vrance d'Olinska.

*Il sort avec Ozeb, Koskar et ceux désignés pour les accompagner, lais-
sant le reste des Tartares avec Zélos.*

## SCENE IX.

### ZÉLOS, Tartares.

ZÉLOS, *suivant Mazeppa des yeux.*

Que d'intrépidité ! que de prudence !.. il songe à tout, prévoit
tout... Cependant, je ne conçois pas trop comment on s'expose
à tant de périls pour enlever une femme... qui l'a oublié peut-
être... et pourquoi ?.. Il est vrai qu'à mon âge on ne conçoit plus
ces choses-là !.. mais à celui de Mazeppa... (*entendant du bruit
dans la forêt.*) Qui s'approche de ce côté ? (*Allant regarder avec
précaution*) Je vois s'avancer une vieille femme... voyons un peu
ce qui l'amène dans ce lieu solitaire.

*Zélos et les Tartares se placent derrière un des rochers du fond, d'où
ils examinent.*

## SCENE X.

### LES MÊMES, *cachés*, MARTHA.

MARTHA, *s'avançant avec un peu de crainte.*

Je n'ai heureusement rencontré personne dans le chemin de traverse qui descend dans cette vallée déserte. Hâtons-nous de remplir les intentions de la malheureuse Olinska.

*Elle s'approche de la statue.*

ZÉLOS, *à part.*

Olinska !

MARTHA, *s'arrêtant.*

Hein ! (*Elle écoute, regarde, mais les Tartares se sont recachés.*) Il me semblait qu'on avait répété le nom d'Olinska... je ne vois personne... oh ! c'est sans doute l'écho ?.. Ce n'est pas sans une espèce de terreur que je me trouve dans ce bois silencieux, témoin de tant de combats !.. mais voyons si je découvrirai facilement... (*Elle tourne autour du piédestal en cherchant ; elle s'arrête à un angle.*) Oui, vraiment, cette pierre se lève.

*Elle soulève une pierre au bas du piédestal.*

ZÉLOS, *du fond, ne pouvant apercevoir tous ses mouvemens.*

Que fait-elle ?

MARTHA, *se retournant.*

Hé !.. (*Elle regarde et se rassure.*) Il me semble toujours entendre les gémissemens de ces Tartares égorgés en ces lieux... dépêchons-nous de les quitter (*Surlant le coffret.*) Plaçons bien vite ce dépôt, et hâtons-nous de retourner au château, près d'Olinska. (*Faisant quelques pas bien effrayée.* Ah ! si les morts revenaient ! si j'allais voir apparaître tout-à-coup leurs vilaines figures pâles ! .. à faire...(*En se retournant elle aperçoit Zélos et les Tartares qui se sont approchés doucement et se trouvent près d'elle.*) Ah ! mon Dieu ! ce sont eux !.. Fuyons ! fuyons !

*Elle se sauve en poussant des cris d'effroi.*

ZÉLOS, *aux Tartares.*

Courez après elle.

*Les Tartares s'élancent sur les pas de Martha, au moment où Mazeppa, attiré par le bruit, paraît au fond.*

## SCENE XI.

### MAZEPPA, ZÉLOS.

MAZEPPA.

D'où viennent ces cris ?

ZÉLOS.

Ce sont ceux d'une vieille femme qui s'est avancée avec un mystère, qui a excité notre curiosité, et que notre vue a effrayée.

MAZEPPA.

Quelle imprudence !

ZÉLOS.

Ne crains rien ; on est sur ses pas, et nous saurons bien la faire taire.

MAZEPPA.

Qu'elle soit amenée devant moi.

*Zélos sort sur les pas de Martha et des Tartares.*

## SCENE XII.

### MAZEPPA, *seul.*

(*Après un silence.*)Que de souvenirs cruels et doux me rappellent ces lieux !... Si c'est ici qu'après le massacre de tous les miens je fus livré à l'esclavage, c'est ici que l'amour vint adoucir mes fers ; que j'osai faire connaître à Olinska le sentiment vif et pur qu'elle m'inspirait, et que je connus le bonheur d'être aimé. (*Désignant la statue.*) Cette image vénérée, qui me donna son nom, fut long-temps la seule dépositaire de tous nos secrets. (*Tout en rappelant ses souvenirs, il s'est approché du piédestal.*) Et sous cette pierre mysté-rieuse et mobile (*il la lève*) que vois-je?... (*il retire le coffret*) Cette cassette que je crois reconnaître... (*il cherche à l'ouvrir, et y par-vient avec son poignard.*) Mon portrait !... une lettre à Olinska !... quel mystère !...

## SCENE XIII.

### MAZEPPA, ZELOS, MARTHA, TARTARES.

(*Les Tartares ramènent Martha demi-morte d'effroi.*)

MARTHA.

Grâce! grâce! que me voulez-vous ?

ZÉLOS.

Que tu te taises d'abord. (*La poussant vers Mazeppa.*) Tiens, voilà celui qui décidera de ton sort.

MARTHA, *aux pieds de Mazeppa.*

Ah! par pitié...

MAZEPPA.

C'est Martha!

MARTHA, *frappée de cette voix.*

Eh mais, bon dieu!.... si j'osais en croire mes yeux... c'est... c'est...

MAZEPPA.

Oui, c'est Casimir!

MARTHA.

Casimir !...

MAZEPPA, *la saisissant par le bras.*

Réponds : c'est toi qui viens de déposer cette cassette sous cette statue ?

MARTHA.

Oui, seigneur.

MAZEPPA.

Qui t'a chargée de ce soin?

MARTHA.

Olinska.

MAZEPPA.

Elle avait juré de ne jamais se séparer de ce gage d'amour!...

MARTHA.

Ah! croyez que ce n'est qu'à la dernière extrémité qu'elle en a fait le sacrifice!... Ma pauvre maîtresse, forcée d'obéir à son père... au moment d'être unie à un autre...

MAZEPPA.

Un autre! Prémislas, sans doute...

MARTHA.

Ah! ne l'accusez pas. Si vous aviez vu ses larmes, son désespoir...

MAZEPPA, *hors de lui.*

Un autre est son époux! La perfide! et c'est au moment que je brave tout pour la délivrer qu'elle outrage mon amour!... Ah! c'est en torches funéraires que je changerai ses flambeaux d'hyménée! cette nuit, cette nuit même, l'incendie d. ce château éclairera ma vengeance ou ma mort! (*Aux Tartares.*) Amis, hâtons-nous de repasser le fleuve; nos guerriers doivent être campés sur l'autre rive. C'est au milieu des fêtes de cet odieux hymen que nous attaquerons le château, et je veux que sur ses ruines embrasées, Olinska elle-même, frappée dans les bras de mon rival, meure en reconnaissant celui qu'elle a trahi!

(*Il fait un mouvement pour sortir à la tête de tous les Tartares, lorsque Korella paraît tout-à-coup devant lui.*)

## SCENE XIV.

### Les Mêmes, KORELLA.

KORELLA.

Où vas-tu, Mazeppa?

MAZEPPA.

Me venger d'une perfide.

KORELLA.

Qui mérite ce nom?

MAZEPPA.

Olinska.

KORELLA.

Crains de l'outrager par d'injustes soupçons!

MAZEPPA.

Un autre a reçu sa foi.

**KORELLA.**

Non, je ne puis croire que celle dont tu m'as fait connaître le noble caractère, que cette Olinska, parée de tant de graces et de vertus, qui fit tant de sacrifices à ton amour, puisse oublier aussitôt le serment qu'elle t'a fait!... Mazeppa, la jalousie t'égare; juge mieux du cœur de ton amante.

**MAZEPPA.**

Mais cet hymen qui s'apprête?

**KORELLA.**

Qui t'assure qu'il doive s'accomplir?

**MAZEPPA.**

Ces lettres, ce portrait, indignement rejetés par elle pour être à jamais anéantis dans ces lieux témoins de nos premiers sermens...

**KORELLA.**

Annoncent peut-être la plus funeste résolution d'un cœur désespéré, mais non infidelle.

**MAZEPPA.**

Quoi, tu penserais...

**KORELLA.**

Qu'Olinska, égarée par son désespoir, te croyant mort, et forcée d'obéir à son père, n'a consenti à cet hymen que pour sauver l'honneur de sa famille, et te faire ensuite le dernier sacrifice qu'elle puisse offrir à ton amour.

**MAZEPPA.**

Quel est-il?

**KORELLA.**

Sa vie.

**MAZEPPA.**

Dieu! quelle horrible lumière vient frapper mes regards!... Olinska, chère Olinska!... et j'ai pu t'accuser!... Mais, sage Korella, en calmant ma jalouse fureur, tu fais naître une crainte plus vive encore... O ciel! s'il est vrai qu'Olinska ait conçu la sinistre pensée de se donner la mort... comment arriver à temps pour arrêter le coup fatal?...

**KORELLA.**

En changeant les plans concertés, en précipitant le moment de l'attaque. J'ai tout prévu, tout calculé. Déjà ceux des nôtres qui ont dû pénétrer dans le château ont reçu des émissaires placés pour correspondre avec eux, de nouvelles instructions. Viens, viens, Mazeppa! un seul instant nous reste peut-être, et un moment de retard peut te condamner à des regrets éternels! Bientôt, le ciel m'en inspire le moyen, je saurai ouvrir à la valeur une route certaine pour te conduire jusqu'à Olinska, non pour punir une amante infidelle, mais pour couronner l'amour le plus pur!

<table><tr><td>Mazeppa.</td><td>8</td></tr></table>

MAZEPPA.

Marchons!

*(Mouvement général parmi les Tartares, qui viennent tumultueusement entourer leur chef. Martha, qui est restée toute interdite, muette et immobile d'effroi, voyant Mazeppa s'éloigner sur les pas de Korella, court à lui pour l'implorer.)*

MAZEPPA.

Zélos, veillez sur cette femme. *(Les Tartares font un mouvement sur elle.)* Qu'il ne lui soit fait aucun mal.

*(Tous les Tartares ont tiré leurs sabres et sortent sur les pas de Korella et de Mazeppa. Martha est entraînée malgré elle au milieu de la mêlée.)*

*(Le théâtre change et représente, en avant, de superbes jardins où tout est préparé pour des fêtes brillantes; à droite, un siège élégant, élevé de plusieurs marches et surmonté d'écussons et de riches draperies; au-delà, à droite et à gauche des colonnades annonçant l'entrée du château du Castellan; au fond, une balustrade en marbre avec une grille dorée au milieu, bordant un large fossé au-delà duquel on aperçoit une vaste étendue de forêt à plusieurs plans praticables.)*

## SCÈNE XV.

DROLINSKO, OZEB, KOSKAR, TARTARES.

*(Au changement, on aperçoit Koskar avec plusieurs Tartares déguisés traverser la forêt du fond, regarder à travers la grille et disparaître un instant parmi les arbres, en apercevant Drolinsko qui sort du château très-affairé en regardant autour de lui.)*

DROLINSKO.

Voilà un mariage qui me fera honneur, je crois. Bouquets, ballets, banquets, illuminations.... tout sort de là! *(Il se frappe au front.)* Cette nuit sera le plus beau jour de ma vie!... A propos, n'oublions pas mes chanteurs et mes musiciens ambulans que je dois introduire dans le château... ce sont des espèces de bohémiens qui courent le pays pour chanter, danser et dire la bonne aventure... Je me suis déjà arrangé avec leur chef; il m'a promis de me faire voir des choses auxquelles je ne m'attends pas... *(On aperçoit en ce moment Ozeb paraître au fond, déguisé, s'approcher de la grille, faire signe à ceux qui sont au-dehors, tandis que Drolinsko, qui ne le voit pas, continue:)* Il m'a offert un divertissement exécuté par de jeunes Tartares, à la manière de leur pays.. Ça ménagera à la société une surprise agréable... et je suis curieux de voir cela.

OZEB, *venant lui frapper sur l'épaule.*

Vous le verrez.

DROLINSKO.

Ah! justement, je me parlais de surprise, et vous m'en avez fait une qui m'a causé une peur...

OZEB.

J'aime à surprendre les gens, et vous en verrez bien d'autres, ma foi.

DROLINSKO.

Je vous croyais encore à la cuisine.

OZEB, *brusquement.*

Je suis un peu partout, moi.

DROLINSKO.

Quelle voix ça vous a des bohémiens de Tartarie!

OZEB.

Mais il est tems de faire entrer les camarades que je vous ai annoncés... ils sont là qui m'attendent.

DROLINSKO.

C'est juste, je vas leur ouvrir la grille.

*(A un signe d'Ozeb, au fond on revoit Koskar et les Tartares reparaître à la grille, que leur ouvre Drolinsko. Ils entrent tous et viennent entourer leur chef, qui leur fait des signes tandis que Drolinsko referme la grille.)*

## SCENE XVI.

### LES MÊMES, TARTARES.

DROLINSKO, *redescendant la scène.*

Ce sont des Tartares pour rire, ça .. on ne les craint pas, ceux-là... (*A Ozeb.*) Ah! ça, c'est convenu, j'ai prévenu mon parrain, monseigneur; vous figurerez dans les fêtes du mariage, et l'on vous récompensera bien, si l'on est content de vous. Dam', c'est le moment de vous distinguer...

OZEB.

Soyez tranquille, on parlera long-tems de nous dans le pays.

DROLINSKO.

Mais vos jeunes filles qui dansent si bien?

OZEB.

Elles sont dans la forêt.

KOSKAR.

Campées.

DROLINSKO.

Comment campées?

OZEB.

Sans doute; à l'exemple des Bohémiens, nous sommes souvent en plein air.

KOSKAR.

A la belle étoile.

DROLINSKO.

Il faut vous hâter de les faire venir.

OZEB.

Ils paraîtront au premier signal.

DROLINSKO.

C'est que, voyez-vous, il faut qu'aujourd'hui il se fasse ici un vacarme d'enfer.

OZEB.

Nous nous en chargeons.

DROLINSKO.

Je l'ai promis à monseigneur.

OZEB.

Vous lui tiendrez parole, plus que vous ne pensez peut-être.

DROLINSKO.

Il y va de mon honneur, que ma fête fasse grand bruit. Je veux que tout le château chante, danse, saute...

KOSKAR.

Il sautera.

DROLINSKO.

Quand je dis le château, je m'entends... je sais bien qu'un château ne peut pas danser, sauter...

KOSKAR.

Pourquoi pas ?

DROLINSKO, *le regardant.*

Bath !.. ah ! je comprends : ces Bohémiens, ça veut faire les sorciers... mais je vous préviens que je ne crois pas toutes ces sottises.

KOSKAR.

Comme vous dites.

( *On entend une fanfare et une musique gaie. Drolinsko remonte la scène pour regarder.* )

OZEB, *bas à ses compagnons.*

Le moment approche... attention au signal, et tenons-nous prêts.

DROLINSKO, *revenant.*

Eh ! vite, voilà tout le monde qui vient de ce côté. Les jeunes époux et les jeunes seigneurs invités vont se rendre dans cette partie des jardins, pour assister à la fête. Venez, vous autres, cachez-vous à l'entrée de la forêt, et ne paraissez que lorsque je vous donnerai le signal.

( *Les Tartares disparaissent un instant dans les bosquets à gauche.* )

## SCENE XVII.

LES MÊMES, LE CASLELLAN, OLINSKA, PREMISLAS, Seigneurs et Dames, Suite nombreuse et brillante.)

( *Le Castellan, Olinska, Prémislas, entourés des seigneurs et dames invités, s'avancent par le péristyle. Leur présence est le signal des jeux et des danses; ils se placent sur les sièges qui leurs sont préparés, et la fête commence.)*

## BALLET.

*(Parmi les pas qui le composent, les jeunes Tartares, déguisés, présentés par Drolinsko, exécutent une danse singulière et armée, mêlée d'action pantomime. Ozeb et Koskas sont en observation sur un des côtés de la scène, semblant attendre un signal pour agir.)*

*( Tout-à-coup, les danses sont interrompues par trois coups de feu venant du dehors, et bientôt après un tumulte extérieur se fait entendre avec des cris : Aux armes! tout-à-fait au fond, à travers les arbres de la forêt, on aperçoit une lueur d'une teinte rougeâtre.)*

## SCENE XVIII.

### LES MÊMES, RUDZOLOFF, Soldats.

*( Ils entrent en désordre.*

#### RUDZOLOFF.

Aux armes! aux armes! une horde de Tartares attaque le château. Ils sont déjà maîtres des hauteurs qui le dominent, et semblent vouloir embrâser la forêt qui s'étend jusqu'aux bords de ces fossés.

#### TOUS.

Aux armes! aux armes!

#### PRÉMISLAS, *tirant son épée.*

Oui, volons nous opposer aux efforts de ces barbares, et qu'ils tombent tous sous nos coups.

#### OZEB.

C'est ce qu'il faudra voir.

*( Les Tartares se sont tout-à-coup débarrassés de leur déguisement, et paraissent armés jusqu'aux dents. Les Polonais, à la tête desquels sont Prémislas et le Castellan, surpris, reculent un instant : trouble, confusion, effroi général. Les Polonais se rallient et s'apprêtent à opposer une vigoureuse résistance ; un combat s'engage. Au milieu de ce trouble, Olinska est tombée comme évanouie dans les bras de ses femmes. Le Castellan se rapproche un instant d'elle.)*

#### LE CASTELLAN, *aux femmes.*

Prodiguez vos soins à ma fille, et qu'elle soit conduite dans le lieu le plus sûr du château.

*( Il s'éloigne avec les siens pour s'opposer à l'attaque des Tartares. On commence à voir la forêt s'embrâser au fond, et des partis de Tartares à cheval la traverser en tous sens avec des torches. )*

## SCENE XIX.

### OLINSKA, Femmes, puis MARTHA.

*( Olinska restée au milieu des femmes, va s'éloigner avec elles, lors-*
*qu'elle aperçoit Martha accourir en désordre.*

#### MARTHA.

J'ai pu leur échapper enfin... tâchons de rejoindre ma chère
Olinska, et de lui apprendre... la voilà...

#### OLINSKA.

C'est toi, Martha!... ah! que viens-tu chercher auprès de moi,
dans ces momens de carnage et d'horreur...

#### MARTHA.

Du courage... apprenez... ces Tartares... Casimir est sauvé
comme par miracle...

#### OLINSKA.

Que dis-tu? Casimir?...

*Violemment agitée, elle remonte la scène et se trouve vis-à-vis de Ma-*
*zeppa, qui, l'épée à la main, paraît au milieu de plusieurs des*
*siens.*

## SCENE XX.

### LES MÊMES, MAZEPPA.

#### OLINSKA, *restant immobile.*

Dieu! le voilà! Casimir!... dois-je en croire mes yeux?

#### MAZEPPA.

Oui, c'est ton amant, ton libérateur, qui, sauvé par le ciel lui-
même, revient conduit par l'amour, armé par la vengeance, briser
tes fers et punir tes oppresseurs! mais ce n'est plus cet obscur Casimir, indigne de ton amour, c'est Mazeppa, prince des Tartares!
Viens, suis-moi, au milieu de mon camp, pour y être proclamée
et mon épouse et souveraine.

#### OLINSKA.

Non, d'autres liens...

#### MAZEPPA.

Mon épée les brisera!

#### OLINSKA.

La mort seule peut les rompre!... Toi, toi, Casimir, un chef de
Tartares? Olinska peut elle être unie jamais à l'ennemi de la Pologne?.. au dévastateur de sa patrie?... Non, non! je puis mourir pour toi, mais non me déshonorer!... Adieu, adieu, Casimir!

*Éperdue, égarée, elle veut fuir, Mazeppa l'arrête; il va l'entraîner*
*malgré elle, lorsque Prémislas et le Castellan se précipitent sur la*
*scène à la tête des leurs.*

## SCENE XXI.

LES MÊMES, LE CASTELLAN, PRÉMISLAS, Soldats
Polonais.

*Prémislas l'épée haute s'élance sur Mazeppa, qui est forcé de se dé-
fendre. Ce mouvement dégage Olinska, qui court à son père ; ce dernier reste frappé de surprise en reconnaissant Mazeppa.*

LE CASTELLAN.

Que vois-je, Casimir !

PRÉMISLAS.

Mon assassin !

LE CASTELLAN.

Il a échappé au trépas !...

MAZEPPA.

Barbare ! en me livrant au supplice le plus cruel, tu as préparé
mon triomphe, et ce cheval fougueux, qui devait m'entraîner à la
mort, m'a conduit au trône des Tartares. Mazeppa, victorieux,
vient reclamer son épouse.

LE CASTELLAN.

Un chef de Tartares !... jamais ! ( *Montrant Prémislas.* ) Voilà
l'époux de ma fille.

PRÉMISLAS.

Je saurai soutenir ce titre.

MAZEPPA , *furieux.*

Il est ton arrêt de mort.

*Il s'élance sur Prémislas, qui se défend vaillamment. Un nouveau
combat s'engage sur tous les points de la scène. Au milieu de la mêlée
le Castellan entraîne sa fille pour l'éloigner du danger. Le tumulte est
à son comble ; toute la forêt du fond paraît en feu ; on se bat au milieu des flammes. Les groupes de combattans s'éloignent de nouveau
dans la chaleur de l'action, repoussés par l'incendie qui les atteint.*

*Le devant de la scène reste un instant vide ; au milieu de ce désordre
on voit reparaître Olinska, seule, échevelée, égarée ; elle tient un
poignard à la main.*

OLINSKA.

Mon père !... ma patrie... Casimir !... Ah ! je n'ai plus qu'à
mourir.

( *Elle va se frapper.* )

# SCENE XXII.

## LES MÊMES, KORELLA.

*Elle a paru au fond, aperçoit Olinska, devine son dessein, s'élance
vers elle, et lui arrache le poignard.*

### KORELLA.

Arrête, Olinska ! abjure un désespoir qui te rendrait criminelle.
Ta mort causerait la dévastation de la Pologne ! toi seule peux être
le gage de la paix entre ton père et ton amant, ta patrie, et celle
de Mazeppa !

*Olinska désarmée par la femme extraordinaire qui s'offre à elle, est
comme forcée de céder à l'ascendant de Korella. Elle la regarde
et se laisse conduire par elle. En ce moment une grande explosion se
fait entendre.*

# SCENE XXIII ET DERNIÈRE.

## TOUS LES PERSONNAGES.

*La scène se remplit sur tous les points ; Mazeppa, vainqueur de Pré-
mislas, reparaît en s'écriant :*

### MAZEPPA.

Je suis vengé ! ( *Aux Tartares.* ) Amis . c'est pour Olinska que
je me suis armé ; voilà le seul prix que j'ambitionne de ma victoire !

*Les Polonais ont fait un dernier effort, ils sont accablés, et partout les
Tartares sont vainqueurs. Prémislas, blessé à mort, est tombé sous
les coups de Mazeppa ; le Castellan va périr sous le fer d'Ozeb ; partout des Polonais sont terrassés et vont périr, lorsque Olinska, qui
voit le danger de son père, se précipite au devant du coup prêt à l'atteindre, en criant aux Tartares qui le menacent :*

### OLINSKA.

Arrêtez ! ( *à Mazeppa.* ) Mazeppa, sauve mon père, et que
Olinska soit le gage de la paix.

*Cette prière d'Olinska a désarmé la fureur de Mazeppa ; il fait un nou-
veau signal. Le tableau change, et les vainqueurs, au lieu de frapper, tendent la main aux vaincus.*

*Korella est allée dégager le Castellan, qui se voit forcé de céder à la né-
cessité, et s'avance vers Mazeppa, qui abaisse devant le père de son
amante l'orgueil d'un vainqueur, il s'incline devant lui, et reçoit d'
ses mains Olinska pour épouse.*

*TABLEAU GÉNÉRAL.*

# F I N.